PAUL E

LOUIS PARROT
JEAN MARCENAC

Paul Eluard

Poètes d'aujourd'hui
SEGHERS

En page 2 : Paul Eluard par Man Ray, en 1933.
Photos de Man Ray : © A.D.A.G.P., 1982

TOUS DROITS DE REPRODUCTION, D'ADAPTATION
ET DE TRADUCTION RÉSERVÉS POUR TOUS PAYS.
© 1944, 1948, 1952, 1969, ÉDITIONS SEGHERS, PARIS.

ISBN : 2-221-50244-2

Dans les notes qu'il publie à la suite de son **Rendez-vous allemand** *qui reprend quelques-uns de ses poèmes les plus connus, Paul Eluard nous apporte des éclaircissements sur les circonstances dans lesquelles furent écrits la plupart d'entre eux. Ainsi ces poèmes et les commentaires qui les enrichissent nous sont-ils doublement précieux. Ils s'expliquent réciproquement. Le commentaire maintient très vivant en nous le souvenir du temps qui vit naître ces poèmes et il nous relie à eux par mille liens sensibles ; quant aux poèmes, ils nous renseignent, mieux que ne le feraient de longues chroniques, sur l'état d'esprit des intellectuels français pendant les quatre années d'occupation. Si ces petits textes, écrits avec une simplicité émouvante, n'étaient aussi parfaits que les meilleures pages en prose de Paul Eluard, ils auraient déjà l'irremplaçable mérite de fixer pour nous les rapports, si souvent contestés, entre une œuvre poétique et l'époque qui l'a inspirée. Et quel poème Eluard n'a-t-il su tirer d'un épisode banal, d'un petit fait qui n'aurait pu fournir à beaucoup d'autres que la pauvre substance d'un « article de journal ». Ce sont pourtant les mêmes mots, les mêmes événements de tous les jours, mais le poète leur a rendu leur vraie signification ; il les met à vif, il les regroupe selon un ordre auquel il s'est soumis lui-même, sans trop en bien connaître les lois. Grâce à lui, l'histoire de ces dernières années, marquée de tant d'épisodes, heureux ou douloureux, d'heures d'abattement ou d'espoir, passe tout entière dans quelques vers qui nous en conserveront l'image inscrite avec fidélité dans une mémoire poétique qui n'oublie jamais rien.*

De fait, tous ceux qui ont participé dans la mesure de leurs moyens à la Résistance, ne sont pas près d'oublier quelle part importante Paul Eluard devait prendre dans son organisation. Ce poète que rien ne semblait désigner à mener une action difficile et pleine de risques, se *donnait entièrement à elle : en même temps qu'il écrivait des poèmes dont la publication devait contribuer dans une si grande mesure à la <u>résurrection spirituelle de la France, il aidait au rassemblement d'un grand nombre de jeunes écrivains.</u>*

Ce petit livre qui tente de donner du poète de Capitale de la Douleur *une image complète et qui fut publié pour la première fois en avril 1944 devait laisser dans l'ombre cette activité ; tout au plus pouvait-il la laisser pressentir. Il montrait cependant qu'il n'y avait aucune rupture dans cette œuvre vouée tout entière à la Poésie, c'est-à-dire à la vérité et dont les derniers poèmes étaient l'écho des premiers vers que nous connaissons d'Eluard, ces* Poèmes pour la Paix *qui paraissaient pendant l'autre guerre. Le lecteur pouvait dès lors deviner aisément quelle attitude civique avait adoptée leur auteur pendant les quatre années d'occupation. C'est par un seul souci de précision que ces quelques pages sont ajoutées à cette étude.*

— La blême avant-guerre, la guerre aux prises avec les éternels prodiges, — plus tard, pendant l'hiver 1940-1941, où « il reste à cause du froid, un mois sans ouvrir les volets », à l'époque où « sur les murs de Paris, des avis, menaces ou listes d'otages, s'étalaient, faisant peur à quelques-uns et honte à tous », inspirent à Eluard ses poèmes les plus célèbres. <u>Il y chante les misères d'un pays qui ne veut pas désespérer et qui retrouve dans ses souffrances la raison même de sa révolte. Il évoque Paris,</u> Paris qui ne chante plus dans les rues, son peuple qui ne se résigne pas, le visage des innocents que l'on conduit à la mort, la lutte que mènent tant de héros à qui ne reste rien d'autre que le désir de nuire à l'occupant exécré. Tous ceux qui ont rencontré Paul Eluard dans les rues de cette ville où il a toujours vécu ont pu comprendre en quelle estime il plaçait ce peuple « qui ne supporte pas l'injustice ». Il allait, d'un quartier à l'autre, sa serviette à la main, alourdie de papiers défendus et d'éditions clandestines, risquant chaque jour d'être reconnu et arrêté. Depuis la publication de Poésie et Vérité *que l'Institut allemand dénonçait comme un tract dangereux, il changeait chaque mois de domicile en n'emportant avec lui que ces papiers froissés sur lesquels il transcrivait les brouillons de ses poèmes. Ce fut pendant longtemps pour lui cette existence que tant d'intellectuels ont connue, mais dont peu comme lui ont exprimé toute la misère et la grandeur.*

Il est certains de ses poèmes, en particulier Les Armes de la Douleur, *qui ne sont que la transcription poétique de ces douloureux*

Ph. Roger-Viollet

faits divers que publiaient chaque jour les journaux allemands de Paris et de Vichy dans leur chronique du terrorisme. Inspirés par l'événement même, ces admirables poèmes de circonstance devaient constituer une arme de propagande redoutable aux mains de nos partisans. Ils furent publiés partout en France, polycopiés, reproduits dans les tracts qui circulaient d'un maquis à l'autre. L'activité poétique d'Eluard qui se confond dès lors avec son activité patriotique se multiplia. Il entreprenait avec Jean Lescure la publication de L'Honneur des Poètes *et de* Europe, *recueils collectifs de poèmes auxquels collaborèrent la plupart des poètes d'aujourd'hui. On juge des difficultés que représente une telle œuvre. Il s'agissait de recueillir les textes, de tromper la surveillance de la Gestapo et de travailler quotidiennement avec les imprimeurs, les typos, les porteurs, tous ceux dont on ne parle jamais et à qui la littérature clandestine doit pourtant une telle reconnaissance. C'est encore à lui que l'on devra plus tard l'initiative de* L'Almanach des Lettres françaises *que réalisèrent George Adam et*

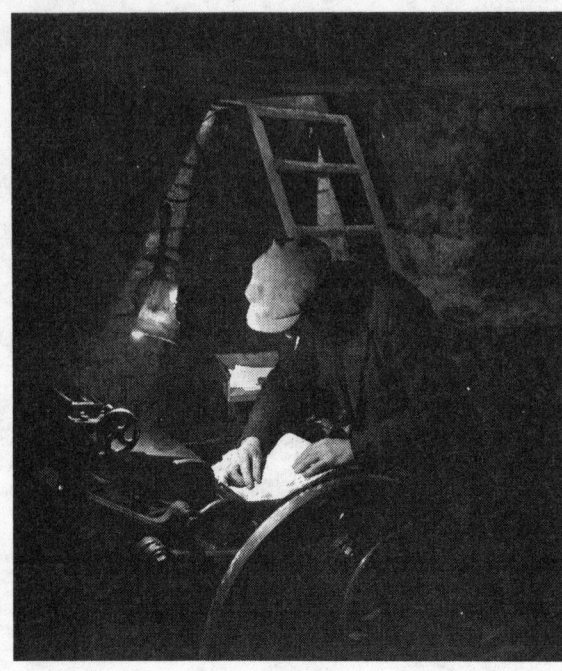

*Guerre 39-40.
Imprimerie clandestine
(Ph. Rapho)*

Claude Morgan, principaux animateurs des Lettres françaises. *Eluard allait aider à la rédaction de ce journal clandestin où il publia un long article sur Max Jacob. Peu de temps avant la libération, alors que les risques de publication s'étaient encore accrus, il mettait au point le tract Péguy-Péri, pour les Editions de Minuit. Partout où il fallait aider la Résistance à faire entendre sa voix, Eluard était présent ; ce poète se révélait comme un homme d'action, courageux et lucide.*

On se souvient de l'accueil fait par tous les hommes libres aux poèmes de Poésie et Vérité 1942. *Dans « Une seule pensée » (— Je suis né pour te connaître — pour te nommer), il avait exalté cette liberté qui nous était confisquée et toutes les revues du monde reproduisirent ces strophes pathétiques, de Genève à Alger, de New York à Moscou. La plupart des poèmes qui composent ce livre — et dont on trouvera quelques-uns plus loin — furent réimprimés en*

Suisse, puis à nouveau en France sous le titre de Dignes de vivre. *A Genève, dans* Le Lit la table, *il en publiait sous sa signature, de plus éloquents encore, parmi lesquels* Enterrar y Callar, *inspiré de Goya et cette admirable* Critique de la Poésie *que termine ce vers, aveuglant comme un coup de feu :*

Decour a été mis à mort.

En février 1944, Paul Eluard revenait de province où il avait passé quelques mois pour coordonner la liaison des deux zones, et il y reprenait avec plus d'ardeur cette lutte qu'il n'avait jamais cessé de mener. Il reprenait ses longues démarches dans Paris, sa besogne périlleuse. En juin 1944, il créait L'Eternelle Revue, *où il se proposait de rassembler autour de lui les meilleurs de nos jeunes écrivains. « Une fois de plus, la poésie mise au défi se regroupe, retrouve un sens précis à sa violence latente, crie, accuse, espère. »*

Dans Paris aujourd'hui libéré, Paul Eluard, qui est bien loin de se savoir débarrassé de toute contrainte et qui n'ignore pas à quelles luttes les poètes qui « doivent se battre avec autre chose que des mots » sont fraternellement conviés, ne désespère pas de voir se réaliser, comme dans ces Pentes Inférieures *qu'il écrivait au début de l'occupation.*

Le seul rêve des innocents
Un seul murmure un seul matin
Et les saisons à l'unisson
Colorant de neige et de feu

Une foule enfin réunie.

Ce souhait du poète est bien loin d'être réalisé. La guerre continue et nous n'avons pas vu toutes les formes qu'elle revêtira. Le « règne de l'iniquité » contre lequel il n'a cessé de s'élever dure encore et il lui inspire maintes réactions de colère. Dans un poème : Comprenne qui voudra, *publié en novembre 1944, il dénonce les incohérences d'une justice qui frappe sans discernement. « Je revois des idiotes lamentables tremblant de peur sous les rires de la foule. Elles n'avaient pas vendu la France... Elles ne firent, en tout cas, de morale à personne. Tandis que les bandits à face d'apôtres sont partis. Certains même, connaissant leur puissance, restent tranquillement chez eux dans l'espoir de recommencer demain. »*

C'est pour que cette justice, que les poètes confondent avec raison avec la Poésie, soit un jour obtenue que Paul Eluard est aujourd'hui aux côtés de ceux qui veulent en hâter l'avènement.

Je revois le poète pendant ces quatre années. Je le revois dans la montagne de Lozère où il avait fui la Gestapo. Il s'était réfugié à l'asile d'aliénés de Saint-Alban. Ce furent deux mois de travail au cours desquels il écrivit de nombreux poèmes inspirés par la misère des déments au milieu desquels il vivait. Je revois l'immense plateau couvert de neige que peignaient les tourbillons de vent glacé, la haute maison lézardée, les fenêtres derrière lesquelles veillaient des visages hagards, le petit cimetière semblable à ceux que nous décrivent les romans noirs. Eluard partait dans la neige et le froid, il prenait le train jusqu'à la ville voisine où il devait corriger des épreuves. C'est à Saint-Flour qu'il éditait la Bibliothèque Française, *dont les numéros, introuvables aujourd'hui, peuvent être comparés avec les plus belles réalisations de la presse clandestine. Je le revois encore, à Clermont-Ferrand, où il s'arrêtait et retrouvait maints amis, après en avoir rencontré bien d'autres d'Antibes à Villeneuve et fixé avec eux les grandes lignes d'un fructueux travail en commun. Jamais sa certitude dans une issue victorieuse des efforts de la Résistance ne s'était affaiblie. A chacun de ses voyages, il nous rapportait de nouvelles raisons d'espérer. Et cet espoir qui traversa toute son œuvre est le même que celui qui nous anime aujourd'hui.*

L. P.
7 mars 1945.

Au crible de la vie fais passer le ciel pur.
P. E.

Une étude sur un poète ne devrait avoir d'autre but que de le refléter fidèlement, de ne reproduire qu'une seule image de sa vie et de son œuvre intimement confondues. La moindre indication sur la vie d'un auteur, ou sur les circonstances pendant lesquelles son œuvre a été écrite, éclaire plus sûrement un texte que les commentaires les plus savants. Cependant, on parle trop souvent d'un livre de poèmes, d'une œuvre poétique sans tenir compte, le moins du monde, de son auteur. Pour beaucoup, l'œuvre naît d'elle-même, comme les orchidées — sans racines. Combien de fois n'avons-nous été irrités devant ces livres qui ne devraient avoir d'autre but que de nous renseigner, mais qui ne sont que des divagations autour d'une œuvre sur laquelle ils ne nous apprennent rien. De tels travaux nous renseignent sans doute sur leur auteur, et nous font découvrir parfois un critique ou un esthéticien, mais ils ne nous donnent pas l'occasion de savoir enfin quelque chose sur le poète qui fait l'objet de leur étude. Celui-ci reste dans l'ombre ; on ne voit pas son visage ; on ne sait rien de lui.

Il est souhaitable qu'une œuvre poétique dont le véritable rôle est précisément d'inspirer, suscite des commentaires sur tel de ses aspects. C'est là un signe de son rayonnement. Mais il est non moins désirable que cette œuvre provoque des recherches sur sa nature même. S'il est vain de vouloir expliquer une œuvre poétique, il n'est pas inutile d'indiquer dans quelles conditions elle est née, ni de donner quelques précisions sur la vie de son auteur. On sait avec quelle minutie sont classés, analysés, les moindres documents que nous retrouvons sur la vie d'Arthur Rimbaud : de leur confrontation avec les livres du poète peut naître quelque nouvelle interprétation, bien éloignée peut-être de l'idée que pouvait avoir l'auteur des *Illuminations* de ses propres vers, mais qui, forcément imparfaite, n'en atteste pas moins la profonde vitalité de l'œuvre du poète.

Il en va de même pour tous les poètes. Mais combien plus difficiles à reconstituer les traits exacts de ceux qui se sont toute leur vie appliqués à les dissimuler — et souvent de la meilleure bonne foi du monde. Paul Eluard est de ceux-là. De tous les poètes qui ont joué un rôle important durant ces vingt dernières années, l'auteur de *Capitale de la Douleur* est sans doute l'un de ceux dont la légende se soit le plus rapidement emparé. Légende pleine d'erreurs, irritantes ou flatteuses, que l'aventure surréaliste s'est plu à renforcer pour les besoins de sa cause et qu'il importe avant toute autre chose de reviser : une biographie exacte du poète aura plus de chance d'éclairer sa poésie que tous les poèmes en prose qui lui servent de commentaires habituels.

Nous sommes ici devant un cas bien particulier. Voici un poète qui se présente à nous avec une œuvre d'apparence légère, composée de poèmes courts pour la plupart, écrits avec des mots familiers et dont les images sont parfois la simplicité même. Or, cette œuvre suffit à classer son auteur aux côtés de nos plus grands poètes ; d'innombrables études lui ont été consacrées ; il n'est de jour où ne nous parvienne quelque nouveau témoignage de son influence. Quel est donc le mystérieux attrait qui vaut à cette œuvre la chaleureuse ferveur dont elle est entourée par tous les jeunes poètes d'aujourd'hui ? Ces notes vont tenter de l'expliquer, en rapportant quelques « éléments de biographie » dont l'intérêt n'est en aucune façon négligeable si l'on veut la comprendre et l'aimer. Il s'agit donc ici d'une « monographie », d'un recueil de renseignements semblable aux notices anonymes des anciens livres. Son auteur s'est défendu de se laisser détourner de son but qui est d'apporter une contribution à l'étude de cette œuvre et d'en faciliter l'accès à de nouveaux lecteurs. Il a volontairement fait taire son amitié qui lui aurait permis, sans doute, maints développements ; ils sortiraient du cadre bien défini qui lui est tracé.

Paul Eluard par Max Ernst. 1924 ▶

(Ph. Rapho)

Le nom de certaines villes est lié pour nous à des souvenirs dont il est bien difficile de se défaire : Charleville évoque l'image du jeune garçon qui rêvait de changer le monde et qui a changé le nôtre. Saint-Denis, où Eluard naissait le 14 décembre 1895, évoque celle de la campagne désolée, des lourdes colonnes de fumée, de la façade de la basilique rose ou grise suivant les saisons. Ville rouge et ville royale. A travers ce vers cruel que Verlaine écrivait dans *Jadis et Naguère* : « Vers Saint-Denis, c'est bête et sale la campagne », on voit des allées de mâchefer et des ruisseaux qui se cachent derrière les enclos des jardins ouvriers, le Rouillon, la Vieille Mer, fidèles compagnons d'une enfance coléreuse, maladive, traversée de grands élans de tendresse et d'abattement. C'est à Saint-Denis, puis à Aulnay-sous-Bois, que Paul Eluard devait passer ses premières années. Ces deux villes perdues au loin dans ses souvenirs sont unies par le chemin de nacre rouillée du canal de l'Ourcq. C'est là, dans un décor qui convient à merveille à un roman populiste que venait jouer, voici plus d'un demi-siècle, un autre poète de banlieue, Léon-Paul Fargue. Le reflet des arbres et des cheminées d'usines dans l'eau morte du canal éclairera ses premiers poèmes de sa lueur indécise : Eluard évoquera bien souvent ces mélancoliques paysages de la grande ville et de la banlieue dont parlaient les poètes unanimistes qu'il lira vers 1912. Il devait d'ailleurs venir vivre à Paris pendant ses premières années. De douze à seize ans, il habite rue Louis-Blanc — tout près encore d'un canal — et il est inscrit à l'école Colbert. Etudes vite interrompues. A seize ans, il doit quitter Paris pour aller en Suisse. Malade, il lui faut se soigner en haute montagne. Tout au long de son œuvre, on retrouvera, transposés dans ses poèmes d'amour, les souvenirs de ces journées passées devant les champs de neige, sous le ciel pur. Il reste deux ans en Suisse, le temps qu'il faudra pour se guérir et faire un soldat. Il est à peine de retour à Paris, en 1914, qu'il doit partir pour la guerre.

Ces années de sanatorium et ce séjour au front, le contact permanent avec la misère — Eluard fut infirmier, puis fantassin — marqueront ses premières œuvres de leur empreinte. Eluard avait écrit bien avant la guerre des vers que seul peut inspirer à un jeune homme un amour précoce. Mais les premiers que nous connaissons de lui et qu'il publiait en 1917 reflètent toute l'anxiété et l'espoir des hommes d'alors et sont révélateurs de l'état d'esprit des jeunes poètes de cette époque. Ces vers qui rendent déjà un accent si personnel, ne laissent pas seulement transparaître le caractère du jeune homme qui les a écrits, sur son lit de convalescent, à Davos, ou dans la tranchée. Paul Eluard, qui dispose d'une langue raffinée, musicale, dont il peut obtenir les nuances les plus subtiles, n'ignore pas que le poète ne peut être insensible à cette peine des hommes dont il a éprouvé toute la rigueur, et c'est à l'exprimer qu'il veut d'abord s'appliquer. Il a partagé le mauvais sort de tous, et tout comme Walt Whitman, dont il lit et relit les *Feuilles d'herbe*, il peut dire que rien de ce qui vient du peuple ne lui est indifférent. Ce sera donc cette commune misère qui l'inspirera. C'est elle qui lui fait trouver toutes ses raisons d'espérer. Maints poèmes du début rapportent ainsi de douloureuses images où une fragile espérance est incluse et des notes telles que les *Cendres vivantes des Dessous d'une vie*. « Je mérite la mort. Mange ton pain sur la voiture qui te mène à l'échafaud, mange ton pain tranquillement. J'ai déjà dit que je n'attendais plus que l'aube. Comme moi, la nuit est immortelle. »

Paul Eluard

Mais déjà, dans ses premiers poèmes, se manifeste cette double tendance que l'on retrouvera dans toute son œuvre. En même temps qu'il veut nous dire tout ce qu'éveille en lui de mélancolie ce monde d'où le bonheur semble avoir été banni — des images souriantes s'imposent à ses poèmes. Elles lui sont apportées par le spectacle de la rue, par les bêtes, la lumière, et elles demandent, elles aussi, à être exprimées. Ainsi, le devoir de faire entendre une chanson grave et bonne se confond-il à l'inquiétude de ne point être injuste envers ces images insouciantes qu'il veut nous offrir. Rudesse et douceur mêlées. Ces deux traits dominants de ses poèmes de jeunesse et d'adolescence, s'équilibrent dans les poèmes qu'il retranscrit d'une écriture enfantine, appliquée, et qui devaient constituer ses premières plaquettes : *Le devoir et l'inquiétude* (1917) et *Poèmes pour la Paix* (juillet 1918) :

... et son père, vers 1912

« Je fis un feu, l'azur m'ayant abandonné, — un feu pour être son ami... »

Un amour jaloux de sa solitude, ou mieux, une chaleureuse amitié toujours en éveil et reportée sur les objets familiers, sur les cailloux du chemin, le feu et la pluie, sur les visages des passants, ne suffiraient pas cependant à expliquer ce qui donne à la substance de ces poèmes un si vif rayonnement. (« Rien n'est plus dur que la guerre l'hiver », écrit-il dans *Paris si gai*; et voici que ces mots quelconques s'illuminent de l'on ne sait quelle lumière intérieure.) Autre chose, en effet, s'ajoute à cette ferveur; c'est une application patiente à faire vrai, à clarifier sans cesse les images qui se présentent à lui, jusqu'à ce que les mots qu'il emploie pour les peindre acquièrent leur valeur réelle, leur véritable signification. Amour de la simplicité, connaissance des mots qui l'expriment. Lorsque l'on relit l'œuvre de Paul Eluard, une œuvre échelonnée sur plus de vingt-cinq années, il est facile de constater qu'elle n'est qu'un incessant exercice, qu'une harmonieuse mise en valeur de ces deux qualités que le poète porte chacune au point même où elles confondent leur commune perfection.

Il faudrait ici, pour expliquer cette double tendance, tenir compte des influences qu'Eluard a subies dans sa jeunesse. L'époque qui précéda immédiatement la Première Guerre mondiale est une des plus riches de notre littérature. La jeune poésie était divisée entre les amis de Jules Romains et les admirateurs de Guillaume Apollinaire. On suivait alors avec un intérêt, fort bruyant parfois, le débat qui opposait les unanimistes aux cubistes ; c'était le temps du *Livre d'Amour,* de *La Vie unanime* et des *Soirées de Paris* ; les jeunes poètes pouvaient encore trouver facilement des éditions des *Serres Chaudes,* de *Tancrède* et, plus tard, de *Kong Harald,* le curieux petit livre de Luc Durtain. Des unanimistes, dont l'attitude envers le symbolisme finissant devait être des plus salutaires, Paul Eluard allait peut-être apprendre la gravité, l'emploi des mots simples compris par tous ; de leurs adversaires, il devait sans doute tenir le goût de l'insolite, de la surprise, le lyrisme, l'esprit d'invention. Les premiers donnaient aux mots de leurs poèmes un sens profond, un contenu social ; ils tentaient d'y incorporer cette « âme unanime » dont ils dépeignaient avec une application obstinée toutes les métamorphoses ; les seconds ne laissaient subsister des mots de leurs poèmes, plus souriants, plus insouciants, en apparence tout au moins, que des expressions musicales, une imagerie secrètement colorée, à la manière des peintres de 1912. Eluard connaissait tous leurs livres ; mais il lisait aussi les romanciers anglais et allemands, les philosophes matérialistes, Jean-Paul et Shelley, Novalis et Héraclite, sans oublier Nerval, Rimbaud et Baudelaire (dont il nous a donné de très heureux commentaires) et plus tard, Lautréamont. Les amis d'Eluard savent avec quel scrupule il lit toutes les plaquettes des jeunes poètes. Il n'est de tentative nouvelle qui lui soit étrangère. Mais rien ne lui est étranger, non plus, de notre poésie française. A vingt ans, il avait lu tous les poètes. Et ces lectures ne furent pas sans exercer sur lui des influences complexes, bien difficiles à reconnaître dès ses premières œuvres mêmes, mais dont il est indéniable qu'il ait été imprégné.

Les *Poèmes pour la Paix* ne devaient pas passer inaperçus. Ils lui valurent l'attention d'un jeune écrivain, interprète de malgache et directeur de revue par surcroît : c'est en 1918 que Jean Paulhan, qui publiait alors *Le Spectateur*, se liait avec Paul Eluard. Spécialiste du hayn-teny et auteur d'une thèse à laquelle il travaille encore en 1944 sur la « sémantique du proverbe et du lieu commun », le « guerrier appliqué » s'intéressait aux recherches verbales que l'auteur des *Poèmes pour la Paix* avait entreprises. Deux ans plus tard, il allait écrire pour Eluard la préface des *Exemples*. Mais entre-temps, et dans des circonstances étranges qui ont été rapportées par André Breton dans *Nadja*, Eluard faisait connaissance de jeunes écrivains dont les noms avaient paru au sommaire de quelques revues — notamment de

Nord-Sud, que dirigeait Pierre Reverdy — André Breton, Soupault, Aragon, et un peu plus tard, Tzara. C'était une grande aventure spirituelle qui commençait.

On ne saurait passer sous silence cette curieuse rencontre qui devait faire de ces jeunes gens un groupe lié par une amitié qu'il fallut bien des années, bien des querelles et des mésententes passionnées pour désunir. Une grande œuvre commune les attendait alors. Le dadaïsme avait aimé le scandale pour le scandale, il s'était appliqué à détruire, avec une brutalité fort élégante parfois, les valeurs bourgeoises dont la guerre avait mis à nu toutes les tares. Voici qu'il cédait peu à peu devant les conquêtes d'un mouvement entraînant tout un programme de reconstruction qui ne devait pas se borner à la littérature seule. C'était à cette entreprise de reconstruction que Breton, Eluard, Aragon et leurs amis devaient se consacrer. La revue *Littérature*, la première en date des revues surréalistes (1919 à 1924), publiait *Les Champs magnétiques* de Breton et de Soupault, les poèmes qu'Aragon allait réunir dans *Feu de Joie* et ceux que Paul Eluard recueillait dans les premières plaquettes qui composèrent en 1926 *Capitale de la Douleur*. Elle publiait également les *Poésies* d'Isidore Ducasse.

« J'estime que le plus beau titre de gloire des surréalistes, écrivait alors André Gide, est d'avoir reconnu et proclamé l'importance ultra-littéraire de l'admirable Lautréamont. » En fait, les surréalistes allaient mériter encore d'autres titres à l'admiration de ceux qui devaient les suivre : *Nadja, Capitale de la Douleur, Le Paysan de Paris*, qui parurent pendant ces années où les critiques verront l'épanouissement du « surréalisme historique », sont sans doute parmi les livres les plus importants d'alors. Leur influence reste toujours vive. Quant aux *Champs magnétiques,* ils représentaient pour beaucoup de jeunes poètes la plus brillante illustration de la poétique surréaliste. Ce livre où triomphait l'écriture automatique venait à point pour justifier les théories du groupe. L'un de ses auteurs, André Breton, y révélait des dons éblouissants et ce théoricien que l'on doit, à juste titre, considérer comme le véritable animateur de ce foyer spirituel dont le rayonnement est loin d'être affaibli, exerçait sur toute la « centrale surréaliste » la plus amicale, mais aussi la plus sévère des influences. Paul Eluard s'est plu, en maintes circonstances, à reconnaître combien cette influence lui avait été profitable. Dans sa conférence de 1937, à la Comédie des Champs-Elysées, il déclarait qu'André Breton « avait été et restait pour lui un des hommes qui lui avaient le plus appris à penser ». Depuis cette époque, les querelles politiques, la guerre, l'ont séparé de beaucoup de ses meilleurs amis. Certains sont demeurés en France : ce ne sont pas les moins précieux.

Malgré toute sa diversité, ce groupe d'amis, le plus lié qui ait jamais existé, présentait à sa formation une cohésion absolue. Ces jeunes hommes de caractère fort opposé avaient une pensée commune. Ils savaient ce qu'ils voulaient et ne se firent pas faute de le faire savoir.

Au Rendez-vous des Amis (détail).
De gauche à droite : Arp, Morise, Raphaël, Paul Eluard (Ph. Giraudon)

Chacun devait par la suite suivre des voies différentes. Mais entre 1922-1925, leur accord était total et tous — ou presque — acceptaient une discipline élaborée après des nuits de discussions souvent fort orageuses. On connaît une peinture de Max Ernst (1922), *Au rendez-vous des amis,* où l'on trouve tous les poètes surréalistes réunis en compagnie de Jean Paulhan, de Chirico, du peintre lui-même et des fantômes (?) de Raphaël et de Dostoïevski.

Il y avait déjà deux ans qu'Eluard avait fait, à Cologne, connaissance de l'auteur de ce tableau et l'amitié de Max Ernst devait être décisive sur l'évolution de sa pensée. Artiste complet, poète, théoricien du surréalisme depuis la première heure, Max Ernst allait exercer une influence considérable sur le poète de *Répétitions*. Jamais la peinture ne s'était sentie plus solidaire de la poésie qu'à cette époque où les poètes peignaient, où les peintres écrivaient des poèmes. « Les peintres surréalistes, écrira plus tard Paul Eluard, dans *L'Evidence poétique*, poursuivaient tous le même effort pour libérer la vision, pour joindre l'imagination à la nature, pour considérer tout ce qui est possible comme réel, pour nous montrer qu'il n'y a pas de dualisme entre l'imagination et la réalité, que tout ce que l'esprit de l'homme peut concevoir et créer provient de la même veine, est de la même matière que sa chair, que son sang et que le monde qui l'entoure. » Ainsi le surréalisme allait donner à la peinture un rôle poétique de premier plan et ce sont trois peintres qui, justement, dominent l'univers d'Eluard : Ernst, Picasso et Chirico. Du premier, il admire l'intelligence brillante qui métamorphose tout autour d'elle, utilise tour à tour le mot ou la couleur pour exprimer l'inexprimable, et nous faire pénétrer, de plain-pied, dans un monde où *rien n'est incompréhensible*. « A travers ses collages, ses frottages, ses tableaux, dit encore Eluard de Max Ernst, s'exerce sans cesse la volonté de confondre formes, événements, couleurs, sensations, sentiments. » De Picasso, dont il estime, mieux que quiconque, la perpétuelle audace, la merveilleuse facilité, mise au service d'une technique dont on ne connaîtra jamais toutes les ressources, il dira tout l'essentiel dans les meilleures de ses pages critiques et dans de très nombreux poèmes. Enfin, de Chirico, dont il posséda pendant des années quelques-unes des toiles les plus célèbres — et notamment *Les Mannequins de la Tour rose* et *Le Départ du Poète* — il aime les peintures métaphysiques qui, pour lui, vont rejoindre l'œuvre de Vinci, de Piranèse et d'Uccello. On ne saurait juger de la production poétique de cette époque sans tenir compte de l'influence exercée par la peinture et plus exactement par ses théoriciens.

Bien d'autres peintres se partagèrent, d'ailleurs, l'amitié du poète entre les années 1920-1930. Ils sont tous cités dans les poèmes et les courts textes en prose qu'il leur dédie (et qui sont recueillis sous le titre de « Peintres » dans *Donner à Voir*) : Arp, Magritte, Man Ray, Joan Miró, André Masson, Yves Tanguy, Salvador Dali... Mais Max Ernst, le premier des peintres qu'il connut, est celui dont l'amitié fut à coup sûr la plus féconde : Eluard écrivit en collaboration avec le peintre des « jardins gobe-avions » et des plantes-animaux *Les Malheurs des Immortels* (1922). Ernst devait illustrer par la suite de nombreux livres d'Eluard, parmi lesquels *Répétitions, Au défaut du silence, Chanson complète. Les Malheurs des Immortels*, qui marque une des périodes les plus heureuses de la collaboration entre le peintre

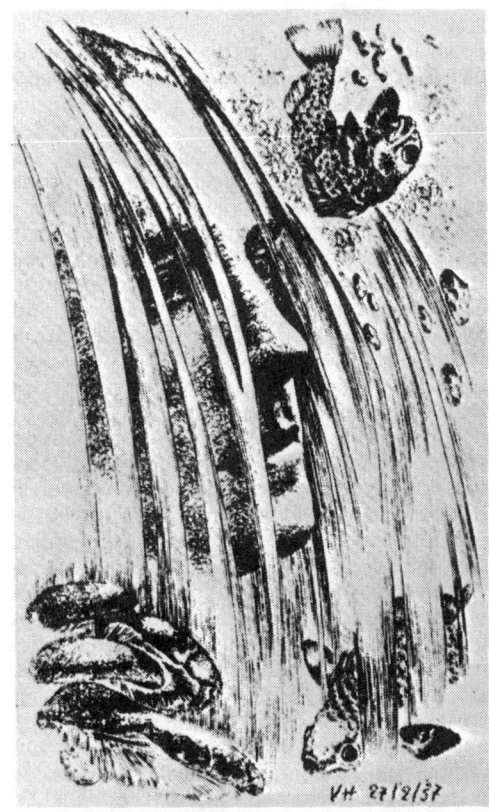

Illustration de Valentine Hugo pour « Les Animaux et leurs Hommes » 1937 2ᵉ édition.

et le poète, diffère totalement des *Animaux et leurs Hommes* qui l'avait précédé. Dans ce dernier livre, qu'Eluard avait écrit à Versailles peu après sa démobilisation (1920), apparaissait, dans toute sa simplicité, ce désir de « rester absolument pur » qui lui a toujours fait préférer les mots malhabiles, mais émouvants, au « langage déplaisant qui suffit aux bavards ». Ce petit livre dont Valentine Hugo illustra plus tard une seconde édition, est marqué par le souci constant de ramener la poésie au rôle de commun échange entre les hommes. Les recherches auxquelles s'applique leur auteur portent exclusivement sur les ressources poétiques du langage ; il marquait l'aboutissement de ces expériences que Max Ernst et Eluard allaient orienter vers de nouvelles directions. Les mots y sont d'une simplicité extrême ; c'est un langage familier et que nous entendons tous les jours. L'auteur nous convie lui-même à ne pas douter de la « clarté des moyens qu'il emploie : une vitre claire, un soleil, des citrons, du mimosa léger », et cependant, comme dans tous les poèmes d'Eluard, au moment où ces paroles banales s'assemblent, elles engendrent un sens nouveau, bien difficile à analyser. Ce sont des mots qui ne dégagent aucune flamme ; ils n'acquièrent une radieuse incandescence que lorsque Eluard fait passer en eux toute sa science poétique, que lorsqu'il la condense en eux. Plus tard, nous retrouverons cette densité, sous une forme extrêmement réduite, dans certains poèmes du *Livre ouvert*.

Les nécessités de la vie et les conséquences des rêves (1921) et *Répétitions* (1922) portent la marque de ces recherches verbales ; *Mourir de ne pas mourir* (1924) laisse paraître d'autres préoccupations. Le poète est maître désormais des mots qu'il emploie ; ce qu'il les charge d'exprimer, c'est ce qu'il aime, ce qu'il est. Le poème-objet s'est animé peu à peu ; il est devenu une « chanson complète » dans laquelle se fondent les voix profondes que le poète est encore seul à entendre. Un thème naît de toutes ces images accumulées et il les dirige : le tremblement qui parcourt ces poèmes fait chatoyer les images dont ils sont chargés, mais ces images éclatantes, insolites, qui nous éblouissent et que les critiques ne manquent jamais de comparer à des diamants noirs, ne nous empêchent pas d'en distinguer le cours intime, musical. L'amour parle ici à cœur ouvert, dans ces poèmes graves et gracieux à la fois où le nom de Gala — qu'Eluard avait rencontrée en Suisse en 1912 — apparaît en filigrane. Pendant les années qui suivirent cette rencontre, l'amour qui se confond avec la poésie est le seul thème sur lequel sont écrits les poèmes d'Eluard. C'est à Gala que sera dédié l'*Amour la Poésie*, ce « livre sans fin ». « Je chante pour chanter, je t'aime pour chanter », écrit-il dans les derniers poèmes de *Capitale de la Douleur*. La plupart de ces poèmes sont d'ailleurs des chansons d'amour ; un subtil désespoir y transparaît dans un lyrisme de pudeur et de sérieux : « O douce, quand tu dors, la nuit se mêle au jour... »

L'historien du surréalisme attachera la plus grande importance à l'activité qu'Eluard et ses amis déployèrent vers cette époque. Dans sa *Petite anthologie du surréalisme* à laquelle il faut constamment revenir,

Georges Hugnet note que la fin de l'année 1922 apportait au surréalisme un élément neuf : « Ce fut l'époque des sommeils, écrit-il... Il s'agissait d'aller chercher au fond du sommeil hypnotique les secrètes réponses du subconscient. 1922 fut l'année des grands discours hypnotiques de Robert Desnos. » Cette même année, Eluard publiait *Répétitions*. Un peu plus tard, lorsque le poète terminait *Mourir de ne pas mourir*, le surréalisme s'était déjà donné des formules et des préceptes : André Breton mettait au point son *Premier manifeste* (1924) et écrivait les poèmes de *Poisson soluble*.

Depuis plusieurs années, le groupe des amis partageait la même ferveur intellectuelle ; mais déjà des fissures s'étaient produites et des « procès » allaient être mis au jour à grand bruit. Eluard, qui s'était marié l'année même du *Devoir et l'Inquiétude* et qui, de son mariage avec Gala, avait eu une fille, Cécile (« Ma fille est assise en face de moi, aussi calme que la bougie », dit-il dans les *Dessous d'une vie* — et vingt ans plus tard, dans *Poésie et Vérité*, 1942 : « Ma fille la papillonne — Tu prends la forme de la coupe — Où tu bois — Où tu reflètes tes ailes ») — prenait une part très active aux travaux et aux controverses de la « centrale ». Mais cette activité accablante et multiple (on demeurait parfois jusqu'à l'aube au café pour définir un point d'esthétique ou d'anti-esthétique, à moins que ce ne fût pour peser les termes d'une lettre d'injures), fut impuissante à lui faire oublier les déceptions et les chagrins intimes qui s'accumulaient. Lassitude, besoin de solitude à tout prix ? Un jour, en mars 1924, Eluard disparut et le bruit de sa mort se répandit à Paris. Parents et camarades furent incapables de donner la moindre nouvelle du poète. Des articles nécrologiques parurent dans la presse. André Breton, inquiet sur le sort de son ami, parle de lui en ces termes : « Quel est-il ? Où va-t-il ? Qu'est-il devenu ? Qu'est devenu le silence autour de lui, et cette paire de bas qui était ses pensées les plus chastes, cette paire de bas de soie ? Qu'a-t-il fait de ses longues taches, de ses yeux de pétrole fou, de ses rumeurs de carrefour humain, que s'est-il passé entre ses triangles et ses cercles ? Quel vent le pousse, lui que la bougie de sa lampe éclaire par les escaliers de l'occasion ? Et les bobèches de ses yeux, quel style les voyez-vous, à la foire à la ferraille du monde ? » (*Poisson soluble,* Poème 25). En fait, Eluard, affreusement las et déçu, avait voulu se fuir, oublier. Le 15 mars 1924, il s'était embarqué à Marseille par le premier bateau en partance et quittait la France, sans donner signe de vie.

Ce fut une longue course autour du monde, un voyage sans but précis qui le mena en Océanie, en Malaisie et dans l'Inde. On sait bien peu de chose sur ce voyage. Les seuls noms des terres où il fit escale allument l'imagination des poètes, mais ils ne devaient guère laisser d'empreinte dans la sienne, ou du moins le croyait-il. Il ne s'en allait pas en touriste, comme Barnabooth, ni même dans cette disposition d'esprit où les auteurs de vies romancées veulent que se trouvât Baudelaire lorsqu'il fut placé devant la « perspective du départ pour les îles ». Il partait pour se perdre et ce qu'il rencontra en chemin, ce furent ces images magiques qui, depuis, à son insu peut-être, n'ont cessé de le hanter. Les Antilles et Panama, l'Océanie, — il s'arrête à Tahiti, aux îles Cook, en Nouvelle-Zélande, en Australie, — les Célèbes (Max Ernst avait peint en 1920 le fameux « Eléphant de Célèbes »), Java et Sumatra, l'Indochine et Ceylan, étapes de ce voyage qu'il poursuit en lui-même, à la recherche de ces images qu'éveillaient tous ces noms pendant son enfance, sous la fumée du canal de l'Ourcq, à l'époque où il n'avait pas encore vu « la terre bleue comme une orange ». Il s'en fallut de peu qu'il ne demeurât perdu pour la vieille Europe, quelque part dans les mers du Sud où les chasseurs d'aventure proposent toujours des situations d'avenir aux poètes errants. Après sept mois de vagabondage, ceux qu'il aimait l'ayant rejoint à Singapour, l'évasion prenait fin à bord d'un cargo hollandais qui les ramenait ensemble à Marseille.

On conçoit tout le prix qu'attacheraient des biographes à un tel voyage et avec quelle patience ils s'appliqueraient à retrouver dans les poèmes de Paul Eluard les moindres allusions à cette aventure. Mais Eluard prend soin lui-même de nous avertir : ce fut un voyage ridicule, nous dit-il (ce sont les termes mêmes qu'emploie Urien le symboliste pour qualifier le sien) et dont il ne s'agissait en aucune façon de retirer un « profit poétique ». Lorsque dans ses poèmes perce de temps en temps le souvenir de ce voyage, on devine qu'il est empressé d'estomper quelque image trop facile à son gré. C'est en rêve, semble-t-il, que ce long voyage a été accompli et ce qu'il en subsiste, ce sont des lambeaux qu'il lui importe peu de rassembler aujourd'hui.

On sait quelle place tient le rêve dans la poésie surréaliste de cette période où les interprétations les plus savantes sur les données de l'inconscient engendrèrent tant de discussions passionnées. André Breton a rapporté dans *Nadja* quelques-uns de ces rêves, dont la traduction nous a valu tant d'étranges poèmes. Eluard raconte que peu après

Max Ernst. L'Eléphant de Célèbes (coll. part.)

son retour à Paris, il vit en rêve un château sur un paysage égyptien où rien ne manquait, ni la flore compliquée, ni les longues galeries prolongées par des marches immenses, interminables. Au pied des marches, une femme mince et brune est accroupie. Or, le lendemain, en entrant dans le café de la place Blanche où il retrouve chaque soir ses amis, il reconnaît la femme qu'il a vue dans son rêve : elle parle de châteaux à construire ; sa conversation apporte, semble-t-il, des précisions à la vision nocturne du poète.

Voici une petite anecdote, dira-t-on, et qui fut vite oubliée. Sans doute, mais cependant, ne tient-elle pas tout entière dans le titre de l'un des poèmes de *La Rose publique*, écrit plusieurs années plus tard : « Et elle se fit élever un palais qui ressemblait à un étang dans une forêt, car toutes les apparences réglées de la lumière étaient enfouies dans les miroirs. Et le trésor diaphane de sa vertu reposait au fin fond des ors et des émeraudes, comme un scarabée. » En fait, ce paysage d'une extrême fragilité que le poète a peint avec ses couleurs les plus subtiles, et qui tremblait depuis longtemps dans sa mémoire, comme le « salon au fond d'un lac », il a sans doute été entrevu voilà fort longtemps, mais il a fallu qu'un rêve le ranime et qu'une rencontre étrange lui confère une réalité visible à tous. Ainsi, qu'il le veuille ou non, toutes ces images qu'il n'a fait qu'entrevoir autrefois, leur lumière qui s'est amassée en lui et qu'il a longtemps retenue prisonnière, revient brusquement colorer le mot terne dont il va se servir, rougir sous un vers que l'on voit s'enflammer d'une limpide lueur. C'est elle, cette lumière lointaine, qui change aujourd'hui ses cailloux en diamants.

Mais l'éclat de ces paysages exotiques dont les couleurs reparaissent parfois de livre en livre, est voilé par les souvenirs qu'il a gardés de ses voyages et de ses séjours dans les pays d'Europe. Ceux-ci sont pour lui beaucoup plus importants. En 1923, Eluard séjourne à Rome, où Georges de Chirico l'a accueilli dans un grand paysage de neige et de ruines, à Rome en hiver, où les palais détruits projettent à terre ces longues ombres que peignit le poète d'*Hebdoméros*. Il est ensuite à Vienne, puis à Prague, la ville des poètes et des contes bizarres, où il trouve les souvenirs d'Apollinaire. « Tu te vois photographié dans les agates de Saint-Vit », écrit le poète de *Calligrammes*. Et Eluard : « Toute la vie a coulé dans mes rides — comme une agate pour modeler — le plus beau des masques funèbres » (*La vie immédiate*). Il aime la Suisse, où le rattachent tant de souvenirs heureux et malheu-

Chirico. Place en Italie (Phot. Giraudon)

reux ; ses hautes montagnes, son ciel limpide se sont souvent reflétés dans ses poèmes. Malade, il y a longtemps séjourné ; il y traîne des mois de lassitude tailladés d'éclats de jeunesse et de santé. Patiemment, c'est là qu'il a recueilli les poèmes de *L'Amour la Poésie*. « Le front aux vitres comme font les veilleurs de chagrin — Je te cherche par-delà l'attente — Par-delà moi-même. » Il voyage. On le voit souvent en Belgique, où son œuvre a trouvé des commentateurs nombreux et des disciples fervents. (Les revues belges furent les premières à parler du surréalisme et ce mouvement vit se rallier à lui la plupart des peintres et des poètes groupés autour de Paul Nougé, de Magritte, de

Paul Delvaux.) Il va également en Angleterre. D'origine normande, Eluard aime les ruisseaux, les grands parcs couverts de brume, les eaux vives, l'herbe. Il aime Londres, où il vit chez Roland Penrose, l'un des introducteurs du surréalisme en Angleterre. A vingt ans, il a lu John Donne, Keats, Shelley, Swinburne. Il les relit dans le vert paradis de Cornouailles où il écrit l'un des plus beaux poèmes de *Cours naturel, Après moi le sommeil,* dont les vers prennent un sens nouveau lorsque l'on sait qui les inspira : « Par brassées de murmures la lande et ses fantômes — Répétaient les discours dont je m'étourdissais. » C'est enfin l'Espagne, qu'il a parcourue peu avant la Révolution. Elle lui fait connaître ses poètes. Eluard a traduit en 1939 un poème de Federico Garcia Lorca et il a aidé par tous les moyens à la gloire que l'auteur du *Romancero Gitano* devait, après sa mort, atteindre dans notre pays. En même temps que Breton découvre les Canaries, d'où il rapporte les pages éblouissantes de *L'Amour fou*, l'Espagne de Madrid, de Séville et de Barcelone, qui venait de redécouvrir Picasso, révèle à Eluard ses « mystères », ses femmes et son peuple. Les malheurs qui accableront celui-ci lui inspireront les grandes strophes de *Guernica* ou de *Novembre 1936*, qui rejoignent en force et en violence les toiles du grand peintre espagnol dont nous reconnaissons en 1937 les personnages torturés.

Est-ce à dire que de tels dépaysements aient été nécessaires pour ajouter aux images qu'emploie Eluard, cet éclat que donne parfois le souvenir d'une ville entrevue, d'un regard que l'on n'a pas oublié ? Non, certes. Mais ils ont aidé à les enrichir. Combien d'heures passées à contempler un spectacle, quelconque pour tout autre, le mouvement d'une foule, la lente croissance des pensées et des zinnias dans le jardin de Saint-Germain, ou le murmure de la Méditerranée dont Picasso, lassé de prendre d'éblouissantes photographies en couleurs, gravait toute l'histoire sur des galets, pour que naisse un jour un beau vers ? Qu'a-t-il trouvé d'ailleurs dans tous ces voyages qui l'ait vraiment bouleversé ? De Rome, ce qui l'a le plus ému, ce ne sont pas les ruines célèbres, ni les galeries des musées, mais la banale petite rue neigeuse qu'il voit de l'hôtel où Chirico l'a conduit ; de la Cornouailles, ce sont les verdures sombres, les masses d'eau dont il donnera une description fidèle dans *Paroles peintes*. Sans que rien ne le fasse prévoir, c'est la mémoire d'une anecdote banale qui s'impose et donne tous les éléments d'un vers parfait. Ainsi, à travers les années, c'est un souvenir oublié qui revient et qui se colore soudainement chez le poète ; mais il s'est modifié, enrichi en chemin et il est entouré, comme le coquillage où s'est déposé le sel des mers disparues, d'un lumineux halo. Salvador Dali parle de ces « idées lumineuses » qui surgissent dans nos ténèbres et s'imposent à notre regard, parlent à notre imagination. Ce sont, pourra dire l'auteur de *La Rose publique,* les « explosions du temps, fruits toujours mûrs pour la mémoire » et dont le poète doit être assez habile pour prévoir et capter le radieux jaillissement.

Quelques mois après son retour à Paris, Eluard écrivait les derniers poèmes de *Capitale de la Douleur* (1926). Ce livre, dont le titre a connu la plus surprenante fortune, et qui devait s'appeler tout d'abord *L'art d'être malheureux,* réunit les plus significatifs de ses poèmes : à dater de ce livre, qui valait à Eluard d'être reconnu comme le premier représentant de la jeune poésie, les recueils qui vont se succéder apporteront la preuve que le poète n'a cessé de s'enrichir, de perfectionner ses moyens ; mais il est déjà tout entier dans ces poèmes au charme inégalé et dont ce n'est pas le moindre mérite d'avoir inspiré plusieurs générations de poètes et de garder aujourd'hui toute leur force et toute leur fraîcheur. La puissance, le mouvement dramatique de certains d'entre eux s'y allient avec la grâce des strophes charmantes de chansons amoureuses. « Ses rêves en pleine lumière — Font s'évaporer les soleils — Me font rire, pleurer et rire — Parler sans avoir rien à dire. » *Capitale de la Douleur* est, par excellence, un livre inépuisable.

Dans les années qui suivirent ce livre, le plus important, sans doute, de la première poésie surréaliste, Eluard devait consacrer une grande partie de son activité à la rédaction et à la direction des revues du groupe, de la *Révolution surréaliste,* du *Surréalisme au service de la révolution,* et à l'élaboration de toute une littérature de propagande, ou, comme disaient alors les critiques, de subversion. Sa bibliographie se confond avec l'histoire littéraire de cette époque et sa vie avec celle de ses amis. Il se passe peu de jours où Eluard ne les rencontre et où ils ne mettent en commun des projets dont la plupart ont été réalisés. De cette collaboration incessante naissent des manifestes, des préfaces d'expositions, des mises au point constamment reprises, des tracts — depuis longtemps introuvables — et des livres. Bien des œuvres qui virent le jour pendant ces années ardemment vécues furent ainsi écrites en collaboration. « La poésie doit être faite par tous : non par un. » Cette phrase qu'ils avaient trouvée dans Lautréamont, les surréalistes, qui la citaient fort souvent, en firent une de leurs « raisons d'écrire ».

La poésie n'est pas un exercice dont quelques-uns ont seuls le secret ; elle doit être accessible à tous, puisqu'il s'agit avant tout d'inspirer les autres hommes. C'est dans cet esprit qu'Eluard et ses amis écrivirent leurs poèmes en commun. Déjà, en 1925, le poète de *Capitale de la Douleur* avait recueilli, avec Benjamin Péret, *152 proverbes mis au goût du jour,* petit livre d'aphorismes et de prescriptions cruelles, déconcertantes, où le goût de la sentence rigoureusement dessinée s'associe à la fantaisie brutale de l'auteur du *Grand Jeu.* Quelques années plus tard, alors qu'il vient de publier *L'Amour la Poésie* (1929) et qu'il prépare la *Vie immédiate,* il donne avec René Char et Breton un livre de poèmes, *Ralentir Travaux* (1930). En même temps, il fait paraître un livre qu'il a écrit, cette fois avec la seule collaboration d'André Breton : *L'Immaculée Conception.*

Ce livre, qui n'est point assez connu, est pourtant l'un de ceux qui aident le mieux à comprendre quels étaient les buts que poursuivaient les poètes surréalistes. Il s'agissait cette fois de reproduire, avec le plus de précision possible, et avec « une loyauté absolue », nous disent les auteurs, les formes diverses par lesquelles se manifeste une pensée graduellement affaiblie. En cinq essais de simulation qui vont de la débilité mentale à la démence précoce, Breton et Eluard soumettaient tant « aux spécialistes qu'au profane » des textes dont l'élaboration leur avait permis de découvrir en eux des « ressources jusqu'alors insoupçonnables ». Ils nous apportaient la preuve que « l'esprit dressé *poétiquement* chez l'homme normal est capable de reproduire dans ses grands traits les manifestations verbales les plus paradoxales, les plus excentriques, et qu'il est au pouvoir de cet esprit de se soumettre à volonté les principales idées délirantes sans qu'il y aille pour lui d'un trouble durable, sans que cela soit susceptible de compromettre en rien sa faculté d'équilibre ». André Breton s'est d'ailleurs expliqué plus longuement sur cet aspect de la création poétique. Une légende puérile a voulu que l'écrivain surréalite dût s'abandonner à son délire, se perdre corps et biens dans son poème et écrire « ce qui lui passe par la tête ». Rien de moins exact. « La raison d'aujourd'hui, écrit très justement l'auteur des *Vases communicants,* ne se propose rien tant que l'assimilation continue de l'irrationnel, assimilation durant laquelle le rationnel est appelé à se réorganiser sans cesse, à la fois pour se raffermir et s'accroître. » Ainsi le surréalisme s'accompagne-t-il nécessairement d'un *surrationalisme* qui le double et le mesure (le mot surrationalisme est de M. Gaston Bachelard, l'auteur de livres

Illustration de Salvador Dali pour « L'Immaculée Conception »

complémentaires des grands livres surréalistes et indispensables à la compréhension de la littérature d'aujourd'hui). Dans *L'Immaculée Conception*, où surréalisme et surrationalisme se rejoignent, où la poésie involontaire et la poésie intentionnelle n'en font plus qu'une, André Breton et Paul Eluard demandaient la généralisation du procédé qu'ils employaient ainsi pour la première fois et ils faisaient suivre leurs exemples d'admirables textes érotiques dont je ne trouve guère d'équivalent ailleurs, et d'aphorismes qui comptent parmi les plus singuliers de la littérature surréaliste : « N'abolis pas les rayons rouges du soleil... Prends garde à la lumière livide de l'utilité... Observe la lumière dans les miroirs des aveugles... Dessine dans la poussière les jeux désintéressés de ton ennui... Dore avec l'étincelle la pilule sans cela noire de l'enclume... Corrige tes parents... Allume les perspectives de la fatigue. »

Il s'agissait dans ce travail en collaboration de mettre en commun des images suggérées par un thème imposé et de leur trouver ensuite une forme poétique satisfaisante. Bien différent apparaît le livre écrit en 1937 : les poèmes qui composent *Les Mains Libres* illustrent des dessins de Man Ray. Ce dernier peintre, à qui Eluard consacrait plusieurs poèmes, dont le très beau tableau de *La Rose publique* : « L'orage d'une robe qui s'abat », propose le thème et Eluard devra trouver le poème qui l'éclairera. L'image, et presque jamais la comparaison, le distique patiemment ordonné vient s'adapter dans un dessin qui le cerne. Dans *Les Mains Libres,* Man Ray trace le cadre où Eluard, avec quelques mots, fait apparaître un poème. Le dessin qui l'enferme est comme le halo souvent à peine indiqué de ces mots intelligemment rassemblés. Il résultera de cette soumission au thème proposé des images simples, une suite de notations immédiatement perceptibles : « Voici le liseron, la capucine, le volubilis, frais échappés d'un déjeuner de soleil, de beaux cuirs usés, des fourrures animées, des étoffes à reflets, le miroir et le paysage en forme de carte à jouer. »

Tous ces livres qui sont autant d'expériences — l'important ouvrage qu'il doit publier prochainement, *Doubles d'Ombre,* n'est pas la moins curieuse — n'ont cessé d'ajouter à sa production de précieux éléments de nouveauté. Il n'y a dans les poèmes de cette époque qu'une monotonie apparente. Si leur forme reste à peu près semblable, leur substance s'enrichit sans cesse. Mais c'est peut-être dans les textes en prose que cet enrichissement est le plus sensible. Un texte comme *Nuits partagées* (dans *La Vie immédiate*, 1932) n'emprunte plus rien au monde extérieur : c'est une page d'autobiographie dont le ton, d'une noblesse exceptionnelle, avait été rarement atteint jusque-là : Eluard évoque, en des termes qu'aucune rhétorique ne vient alourdir, le temps, déjà éloigné, où l'amour qui l'avait aidé à vivre n'était pas encore meurtri par tant de souvenirs douloureux : « Au terme d'un long voyage, rappelle-t-il, peut-être n'irai-je plus vers cette porte que nous connaissions tous deux si bien, je n'entrerai peut-être plus dans cette chambre où le désespoir et le désir d'en finir avec le désespoir m'ont tant de fois attiré. » Toute l'histoire d'une grande passion tient dans ces pages où l'évocation des minutes heureuses alterne avec celle des longs jours d'abattement. Le poète fait ici le bilan de vingt années pendant lesquelles les fictions les plus souriantes « se sont mêlées aux plus redoutables réalités », pendant lesquelles « la vie s'en prenait à notre amour... la vie voulait changer d'amour. » « Pour me trouver des raisons de vivre, ajoute-t-il plus loin, j'ai tenté de détruire mes raisons de t'aimer. Pour me trouver des raisons de t'aimer, j'ai mal vécu. » C'est ainsi qu'en quelques pages qui comptent parmi les plus

Paul Eluard et Gala par Max Ernst. 1926 (Croquis fait au verso d'un paquet de cigarettes)

denses de son œuvre, le poète exprime en termes poignants un amour qui veut se survivre, et l'accablante tristesse qu'éveille à la longue le sentiment de le savoir malgré tout périssable. Sans doute la forme poétique ne suffisait-elle plus. Il allait faire appel ici à ce surrationalisme inspiré qui permettait dans cette poésie l'introduction de nouveaux éléments aussi féconds.

On a bien souvent reproché aux surréalistes de « manquer de souffle ». C'est un reproche que l'on trouve peu justifié lorsque l'on relit les textes en prose d'Eluard, prose fort particulière d'ailleurs, qui ne ressemble à aucune autre, si ce n'est à celle de Baudelaire ou de certains poèmes de Mallarmé des *Divagations*. Il eût été, d'ailleurs, bien déplaisant que Paul Eluard, tout comme certains poètes lorsqu'ils écrivent en prose, diluât en de longues périodes ses images poétiques : celles qu'il nous donne sont toujours ramenées à leurs exactes proportions, et le « souffle », qui n'est bien souvent qu'une rhétorique banale, est maintenu ici dans des limites sévèrement contrôlées. Ses textes en prose, d'un développement solennel, d'une précision subtile et élégante, et dont les phrases vont d'une image à l'autre en les reliant par une trame au grain très serré, renouvellent ce miracle dont il parlait lui-même, à propos des poèmes en prose de l'auteur des *Fleurs du Mal*. La langue française, ce langage « antipoétique » par excellence, et doté depuis Nerval et Baudelaire d'un instrument nouveau, le poème en prose, a vu naître, dans les années qui suivirent la première guerre, des formules encore différentes. Il ne suffisait plus de demander au langage poétique de « s'adapter aux mouvements lyriques de l'âme, aux modulations de la rêverie, aux soubresauts de la conscience » (Baudelaire), mais d'agir sur cette conscience même, de provoquer à volonté cette rêverie. Les poètes surréalistes n'ont eu d'autre but, et pour l'atteindre, ils revendiquaient pour leurs poèmes une totale liberté. Une liberté qu'il leur fallait mériter par les plus strictes disciplines ; celles que le poète doit chercher sans cesse à renforcer. Il serait donc naïf de croire que la poétique surréaliste allait donner carte blanche au meilleur et au pire, pour bénéficier de cette liberté ; au contraire, elle imposait ses lois secrètes, un ton qui permettait d'évaluer la valeur d'une œuvre, des règles d'une sévérité d'autant plus impitoyable qu'elles étaient soigneusement dissimulées. Quelques mots et la féerie s'organisait. Mais quels mots patiemment choisis, pesés, évalués à leur juste faculté de résonance ! Les écrivains surréalistes à qui l'on a fait le reproche d'avoir tant abusé de cette liberté étaient, en fait, d'excellents écrivains, et l'on s'apercevra peut-être un jour que la prose la plus riche et la plus limpide de notre époque est précisément celle que nous ont donnée ces poètes qui, dit-on, et non sans regret, ne savaient se plier aux règles les plus élémentaires de la prosodie. Personne plus que ces écrivains n'a évité d'utiliser cette affreuse prose des poètes dont on abusait si souvent avant eux.

Textes savants, histoires familières, études en guise de préface, proverbes revivifiés, légendes à écrire sous le tableau d'un ami, tous les textes en prose que Paul Eluard devait recueillir plus tard dans *Donner à voir* sont des écrits de circonstance. De circonstances qui se sont imposées impérieusement à lui, et qu'il ne se refuse jamais à exprimer. Lorsqu'il nous donne une étude sur un poète — on relira le très beau *Miroir de Baudelaire,* repris dans une préface à un choix de l'auteur des *Fleurs du Mal* (1938) -- *L'Evidence poétique,* c'est toujours sous une forme rigoureuse, d'une extrême concision. Or les textes en prose d'Eluard ne visent pas à compléter ses poèmes, ou à faciliter leur prolongement en nous. Ils sont une transcription sur un autre mode de son univers poétique, et là, dans ce langage différent, qui, lui aussi, épouse « les plus secrets soubresauts de la conscience », la logique, la raison interviennent à leur tour. Ce sont elles qui coordonnent d'une manière encore discrète, mais plus visible que dans les poèmes, les images qui ne cessent d'affluer à la surface et qui nous les rendent plus immédiatement compréhensibles.

Mais ce n'est pas parmi les poèmes en prose, et encore moins parmi la prose poétique qu'il faut ranger ces très belles pages que l'on retrouve de livre en livre depuis *Capitale de la Douleur.* Il ne s'agit plus ici de s'attarder à l'indéfinissable question du rythme pour les juger. Une phrase telle que « une dentelle de profil, cette fêlure dans la vitre, cette légère fumée qu'un doigt de vin, fils d'une main ivre, s'apprête à labourer » (*Rose publique*) et dont toutes les propositions s'enchaînent selon une loi qui n'a rien à voir avec celle du rythme que réclame le poème en prose, ne peut se rapprocher que de celle de *La Saison en Enfer* ou de certains poèmes de *Flaques de Verre.* Nous voici loin des « harmonieuses réussites » de ce genre bâtard qu'est le poème en prose. Ces textes valent par leur intense densité et par la liberté des images qui s'y épanouissent avec moins de contrainte que dans les poèmes. S'il me fallait trouver à ces pages une équivalence plastique, je les comparerais à ces rocailles baroques ménagées avec un art exquis, un peu précieux parfois, semblables à celles que voyait

Mozart dans son enfance, et où ne manquaient ni les escaliers d'eaux vives, ni les grottes pleines de surprises. C'est une phrase banale qui sert parfois d'introductrice : « Au revoir. Plus vite, suivez le mouvement, prenez la peine de courir... » et voici que le lecteur se trouve engagé, sans qu'il s'en soit rendu compte, dans une galerie souterraine, un labyrinthe d'images éclatantes dont il saura trouver, pour peu qu'il soit attentif, les plus étranges analogies. Il n'est pas de meilleur exemple de la qualité de cette prose que la suite des *Cendres vivantes* ou le petit conte *Appliquée* (1937), dans lequel paraît un visage humain, bien différent de ceux qui s'illuminent d'ordinaire dans ses poèmes, celui d'une petite fille semblable à la poupée nue et coloriée du peintre Hans Bellmer. Appliquée, c'est le nom de cette héroïne

Photo de Hans Bellmer

qui fait songer à l'enfant misérable des poèmes en prose de Mallarmé... « Nous te verrons dans les journaux », Appliquée « craint la campagne, ses champs tachés de froid, ses corbeaux éteints, ses masures si éloignées l'une de l'autre qu'elles traduisent crûment l'immensité de la haine, pour toujours... Appliquée, la rage aux dents, les yeux vides, mange les lèvres de son masque, comme des braises. » Appliquée, c'est Alice au pays des merveilles, mais des tristes merveilles que nous offre la réalité quotidienne, un jouet brisé, un oiseau mort, les objets les plus humbles où toute la poésie du monde est incluse, et nous la retrouverons, plus tard, dans les *Jeux de la Poupée* (*Livre ouvert, I*), texte admirable que le poète n'a pas surpassé jusqu'ici.

C'est vers l'époque où il écrivait ces textes en prose que l'on remarque le profond changement qui s'est accompli chez Paul Eluard. Le poète semble avoir atteint le sommet de son art et pour éviter de s'imiter, il lui faut se renouveler, remplacer les sujets d'inspiration dont le pouvoir diminue, inventorier les moyens dont il dispose, forcer enfin quelques-uns de ces « mots qui jusqu'alors lui étaient mystérieusement interdits ». Et voici que la vie se charge de lui apporter cette aide dont il a besoin. Un autre nom a remplacé celui de Gala sur la première page de ses livres et l'on voit paraître un nouveau visage dans ces grandes marges blanches que le lecteur ajoute à ses poèmes. Les événements extérieurs se chargent, eux aussi, d'imposer au poète « qui ne veut plus rêver hors des murs », les plus graves préoccupations. L'attitude intransigeante adoptée devant certains problèmes politiques fait place peu à peu à une compréhension qui le rapprochera plus sûrement de la grande masse des hommes. Pendant les années qui vont de 1930 à 1936, années chargées de menaces, l'homme et le poète ont été chez Eluard particulièrement attentifs. L'un et l'autre réagissent avec la plus vive sensibilité devant les événements qui se précipitent. Et c'est comme un adieu à une époque qui s'éloigne et à un amour qui a donné tous ses fruits qu'Eluard publie, en 1934, *La Rose publique*, le plus surréaliste peut-être de ses livres de poèmes, celui dans lequel il s'est exprimé avec le plus de limpidité, avant d'entreprendre les poèmes que nous connaissons tous et qui, eux, devaient être plus immédiatement inspirés par les seuls événements.

Si l'on pouvait, comme aujourd'hui dans les manuels de peinture, parler d'époque rose, puis d'époque bleue, et diviser la production d'un poète en autant de manières qu'il conviendrait aux besoins des critiques pour placer leurs diverses explications de la poésie, il serait nécessaire de faire une place très à part à *La Rose publique*. Ce livre reprend la plupart des thèmes jusqu'ici épars dans l'œuvre d'Eluard, porte leur développement à son plein épanouissement et les fixe en des vers qui comptent parmi les plus émouvants. De fait, c'est dans ces poèmes que se résume, en une forme d'une beauté parfaite, une expérience que la vie n'a cessé de multiplier. Mais alors que les vers des premiers livres constituaient une longue suite de strophes amoureuses dans lesquelles se trouvaient prises les radieuses images que le bonheur et la confiance « découpaient dans la lumière », les poèmes de *La Rose publique* sont graves et voilés. Ils indiquent un effort du poète qui veut se souvenir, qui rappelle à lui toutes les images qui s'éloignent. Un visage longtemps aimé se recule dans l'ombre, mais la mémoire du poète en garde une empreinte que les années qui passeront rendront plus sensible encore. A l'insouciance ou à la violence qui caractérise l'atmosphère spirituelle dans laquelle les premiers poèmes furent écrits, a succédé peu à peu une secrète anxiété, une douceur pleine de pitié. Dès lors toutes les figures, tous les mots de ses poèmes seront marqués de cette mélancolie que les regrets ou seulement la fuite du temps ont éveillée. Certes, les images du poète, non moins justes que celles qui les précédèrent, n'ont perdu aucune de leurs qualités, mais seul, c'est leur éclairage qui a changé et il semble que dès leur éclosion dans *La Rose publique,* elles prennent une lumière différente de celles qui les baignaient autrefois.

Les poèmes de *La Rose publique* ne sont plus des chansons d'amour, mais des confidences ; tout ce que dira le poète pourra être expliqué, rigoureusement expliqué, puisque chacune des images qu'il emploie correspondra à un souvenir fidèle et vrai. Il évoque tout d'abord dans *Comme deux gouttes d'eau* le temps lointain du sanatorium de Suisse, le paysage neigeux sur lequel se détache une silhouette familière. « On a brisé le globe alpestre — Où le couple érotique semblait rêver »... — « La femme était toujours tournée — Vers le plus sombre du sombre Protée — Qui fuyait les hommes. » C'était le temps où « il n'attendait plus rien de sa mémoire qui s'ensablait ». Et il songe à nouveau à son ancienne tentative de fuite, à l'échec fatal et fécond :

De tout ce que j'ai dit de moi que reste-t-il
J'ai conservé de faux trésors dans des armoires vides

Gala et Paul Eluard à Clavadel (Suisse, 1913)

> *Un navire inutile joint mon enfance à mon ennui*
> *Un départ à mes chimères*
> *Mes jeux à ma fatigue*
> *La tempête à l'arceau des nuits où je suis seul*
> *Une île sans animaux aux animaux que j'aime*
> *Une femme abandonnée à la femme toujours nouvelle.*

Un dialogue naît alors entre le poète et cette ombre aimée qui continue de l'inspirer :

> *A bout de souffle elle m'accorda la vérité*
> *La vérité que je lui apprenais*
> *La triste et douce vérité*
> *Que l'amour est semblable à la faim et à la soif*
> *Mais qu'il n'est jamais rassasié.*

En vain a-t-il voulu la perdre, l'oublier. « J'ai vu le soleil quitter la terre — Et la terre se peupler d'hommes et de femmes endormis... » « J'ai vu le sablier du ciel et de la mer se renverser... » « J'ai vu une femme regarder son enfant nouveau-né — Comme une tuile enlevée d'un toit — Son enfant en progrès sur l'homme. » Plus loin, un souvenir transposé (il se souvient du temps où André Breton offrait à des femmes une rose en les priant d'accepter « ce petit myosotis ») :

> *J'ai vu mon meilleur ami*
> *Creuser dans les rues de la ville*
> *Dans toutes les rues et dans la ville un soir*
> *Le long tunnel de son chagrin*
> *Il offrait à*
> *Toutes les femmes*
> *Une rose privilégiée*
> *Une rose de rosée*
> *Pareille à l'ivresse d'avoir soif*
> *Il les priait humblement*
> *D'accepter*
> *Ce petit myosotis*
> *Une rose étincelante et ridicule*
> *Dans une main pensante*
> *Dans une main en fleur.*

Mais ces transcriptions d'une extrême fidélité dont la moindre anecdote éclaire jusqu'aux mots les plus simples qui les expriment, ne peuvent plus satisfaire le poète. « C'en est fini, dit-il, de voler au secours infâme des images d'hier. » Il lui faut abandonner le domaine souriant où les images poétiques venaient d'elles-mêmes ; il lui faut « boire un grand bol de sommeil noir — Jusqu'à la dernière goutte », se rendre là où « il y a des démolitions plus tristes qu'un sou » et retrouver, « Plus bas maintenant profondément parmi les routes abolies

> *Ce chant qui tient la nuit*
> *Ce chant qui fait le sourd l'aveugle*
> *Qui donne le bras à des fantômes*
> *Cet amour négateur*
> *Qui se débat dans les soucis*
> *Avec des larmes bien trempées*
> *Ce rêve déchiré désemparé tordu ridicule*
> *Cette harmonie en friche*
> *Cette peuplade qui mendie... »*

La Rose publique est un livre dont il n'est guère possible de préférer un poème. Et cependant, *Ce que dit l'homme de peine* ou *Rien d'autre que vivre et voir vivre* comptent parmi les plus inspirés, parmi ceux qui nous inspirent le mieux et qui suffiraient à la gloire de leur auteur. Ce sont là de ces poèmes que tous les hommes finiront bien par apprendre par cœur.

Il faudrait d'ailleurs en dire autant de la plupart de ceux qui composent *Les Yeux fertiles* (1936). Ce livre qui faisait suite à *La Rose publique* et que Picasso devait illustrer de cinq dessins, reproduit une suite de poèmes publiés peu de temps avant avec des photographies de Man Ray et consacrés à la nouvelle inspiratrice du poète sous le titre de *Facile* (1935). On rapproche tout naturellement ce dernier livre de *L'amour la Poésie* ; ce sont tous deux des livres d'amour. Mais combien différents ! *L'amour la Poésie* — ce livre sans fin — laisse paraître sous ses vers une angoisse accrue par les découvertes que le poète nous rapporte dans ses poèmes. C'est dans ce livre que figure ce vers elliptique et admirable : « La terre est bleue comme une orange. » Une obstination coléreuse, un désir de se surmonter sans cesse, de se « faire valoir », se mêle dans ces vers à la ferveur passionnée, enfantine

Nusch par Picasso,
« Les Yeux Fertiles »

qu'il éprouve pour la femme dont le nom est inscrit en tête du livre. « L'amour choisit l'amour sans changer de visage », écrivait-il dans le premier poème du livre de Gala ; et dans le dernier, alors qu'il reconnaît « avoir soumis des fantômes aux règles d'exception », il comprend qu'il doit tous les reconnaître, « en toi qui disparais pour toujours reparaître ». Ce visage nouveau qui reparaît et s'impose à lui, vers 1930, c'est celui d'une femme, « pâle et lumineuse », dont Picasso devait donner dans *Les Yeux fertiles* un étonnant portrait : le visage de Nusch dont les poèmes d'Eluard vont maintenant s'appliquer à reproduire les traits. La jubilation totale dont parle Pierre Jean Jouve et qui est la forme la plus haute de l'émotion poétique, c'est dans *Facile* qu'elle s'épanouit, dans ces poèmes écrits avec une sécurité parfaite, en un langage d'une assurance que seuls peuvent apporter la

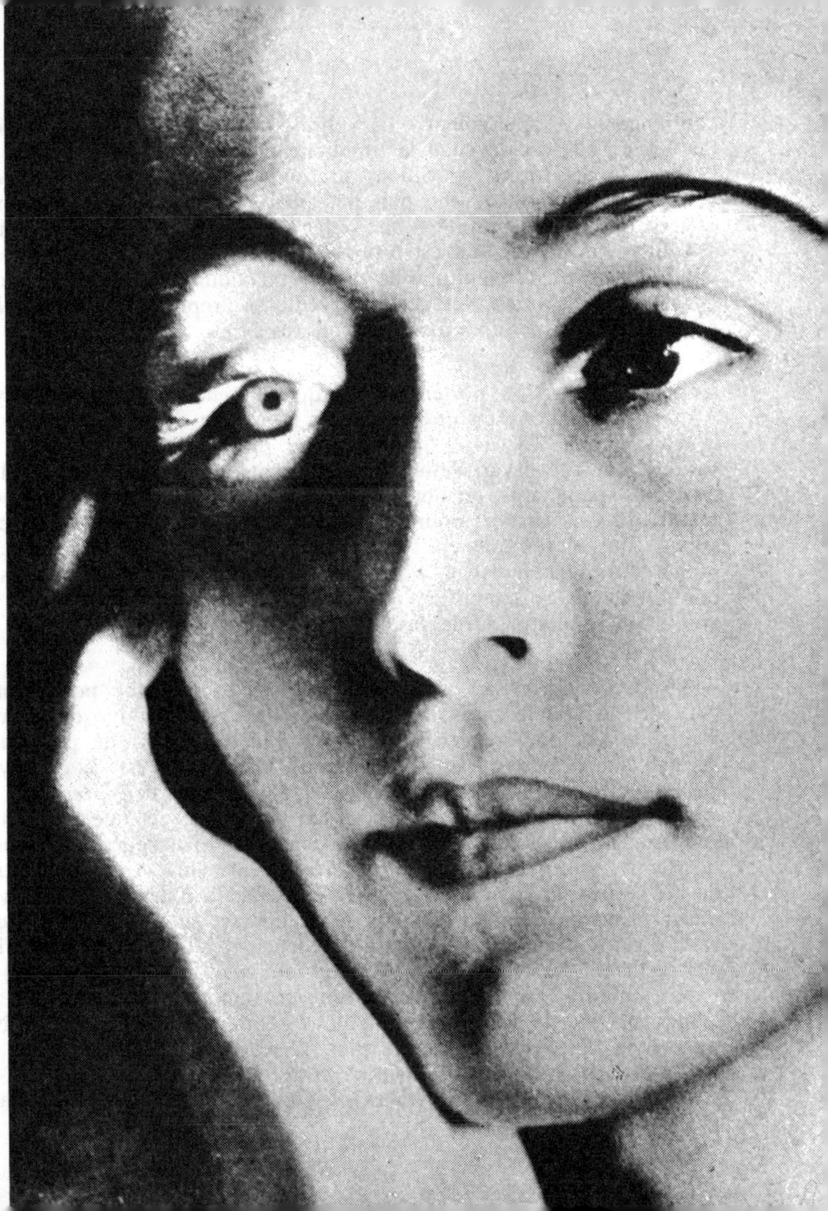

confiance et l'apaisement. La phrase poétique s'est décantée à l'extrême ; elle est devenue la simplicité même : « Je grave sur un roc l'étoile de tes forces — Sillons profonds où la bonté de ton corps germera. » Tout est devenu plus net, plus « facile », des « quatre murs éteints par notre intimité » aux « façons d'être du ciel changeant ». « Tout est nouveau, tout est futur », écrit-il dans un de ses poèmes où il laisse paraître la plénitude de sa joie reconquise et du bonheur qu'il éprouve à l'exprimer avec cette merveilleuse limpidité qui va, dès lors, être une des qualités dominantes de tous ses livres.

Les Yeux fertiles portent la marque de cet effort : presque plus d'images abstraites dans ce livre où les mots sont empruntés au langage le plus simple. Ce livre qui comprend de nombreux poèmes à qui Francis Poulenc devait ajouter une souriante parure musicale, et d'autres, plus inquiétants, où l'on lit des vers bien souvent reproduits (« Le bonheur a pris la mort pour enseigne ») est le dernier en date de cette époque qui se termine en 1936, date à laquelle toute son œuvre va prendre un sens nouveau, va gagner en profondeur et en richesse à mesure qu'elle se simplifiera et se fera l'écho de ces souffrances qui vont bientôt s'abattre sur les hommes.

Au début de 1936, Eluard était appelé en Espagne pour donner une série de conférences à l'occasion d'une rétrospective de Picasso. L'une de ces conférences fut illustrée par un récital de poèmes de Picasso que présenta Ramon Gomez de la Serna. C'est de ce voyage que date le délicieux poème *Intimes* (dans *Les Yeux fertiles*) qui devait s'appeler tout d'abord « Chanson espagnole » et qui fut écrit un soir, sur la table d'un de ces cafés-chantants madrilènes où venaient bien souvent Lorca, Bergamin, Alberti et leurs amis. Les poèmes qu'il devait écrire par la suite et que les événements d'Espagne allaient lui dicter prouvent combien cette prise de contact fut profitable. Jusqu'à cette époque, Eluard n'avait cessé de participer à tous les grands débats qui agitaient alors l'opinion. On se souvient de quelques-uns des « mots d'ordre » et des exemples que ses amis et lui donnaient aux jeunes poètes de ce temps qui nous semble déjà si éloigné. Non seulement la poésie ne devait plus vivre en isolée — séparée des hommes, mais elle devait constituer entre eux le plus sûr des liens. Or, c'est précisément vers 1936, dans les jours où Eluard revenu d'Espagne publiait *Les Yeux fertiles,* que sa poésie acquérait ce caractère émouvant, passionné, qui nous la rendit aussitôt plus précieuse et plus proche de nos préoccupations. A cette époque, les poètes pouvaient affirmer, et avec une assurance qui devait plus tard leur être mesurée, qu'ils n'entendaient se désintéresser en rien de l'activité des autres hommes. Cette même année, Eluard écrivait : « Le temps est venu où tous les poètes ont le droit et le devoir de soutenir qu'ils sont profondément enfoncés dans la vie des autres hommes, dans la vie commune. » Dès lors, c'est à l'élaboration de cette vie commune que les poètes entendent collaborer. Les droits et les devoirs du poète, Paul Eluard et ses amis allaient les affirmer avec éclat. La poésie, telle qu'ils la concevaient, devait aider les hommes à se libérer, elle devait contribuer à les unir, à les exalter, à les inspirer.

Les inspirer ? Certes. Pour Eluard — et c'est là un de ses thèmes favoris — « le poète est celui qui inspire, bien plus que celui qui est inspiré ». « Les poèmes, écrit-il encore dans *L'Evidence poétique,* ont toujours de grandes marges blanches, de grandes marges de silence où la mémoire ardente se consume pour recréer un délire sans passé. » « Leur principale qualité est non pas d'évoquer, mais d'inspirer. » On conçoit dès lors que Paul Eluard aille chercher profondément dans notre mémoire commune la source de cette inspiration qui ne cesse de le combler. Tout ce qu'il écrit porte le reflet des préoccupations qui nous assaillent ; sous ses poèmes, sous leurs images transparentes, ou volontairement troublées, se devinent, de plus en plus discernables, la forme de nos désirs, l'ombre de nos plus intimes pensées et de nos revendications les plus équitables.

Pour un tel poète qui n'entend point demander autre chose à ses lecteurs que d'être, à leur tour, des inspirés, afin d'inspirer à leur tour d'autres hommes et de finir par gagner les plus indifférents, le temps que nous vivons se montre particulièrement riche en sujets d'inspiration. Et quels motifs d'inspiration, quels prétextes pour une poésie aussi sensible ! Des maux sans nombre affligent notre vieux monde en attendant, peut-être, qu'ils l'assainissent ; la « rosée de sang » dont parle Pierre Jean Jouve dans son *Porche à la Nuit des Saints* n'a pas encore fini de tomber. Les quatre cavaliers de l'Apocalypse se sont remis en marche et détruisent en un clin d'œil ce que les hommes pacifiques avaient mis des siècles à construire. Mais les révolutions et les guerres qu'ils déchaînent ont des effets plus lents et moins visibles

Illustration de Picasso pour Grand Air (« *Les Yeux Fertiles* »)

que leurs destructions : elles sont précédées et accompagnées de troubles profonds que l'on ne peut analyser qu'avec difficulté et qui naissent on ne sait de quelles circonstances jamais bien définies. — Nous voyons parfois, à la surface de l'eau, un remous, un tourbillon dont rien ne laissait prévoir la venue. C'est peut-être le fond de la mer qui s'est déchiré. Ici, où nous sommes, à la surface, nous ne voyons que la grossière image de cette déchirure lointaine et profonde qui donna naissance à cette soudaine irruption. Il en est de même pour tous ces événements qui surgissent autour de nous et dont il nous est souvent impossible de déceler les causes. Sans doute, quelque fait imperceptible aux contemporains s'est-il produit, une aventure spirituelle ignorée, une humble pensée qui devait faire son chemin malgré toutes les embûches, et voici qu'à travers la masse compacte de l'histoire, elle accourt vers nous, multipliée, grossie de toutes les autres pensées semblables à elle, et elle éclate brusquement, nous laissant désemparés, incapables de comprendre ce qui s'est produit et ce qu'elle a produit. Le poète ne fera rien d'autre que de relever, et le plus profondément qu'il sera en son pouvoir, l'approche et le passage de cette vague qui remonte tout ensanglantée des profondeurs du temps. Il nous la peindra déferlant sur le monde, sans que celui-ci s'en soit encore rendu compte. Il la peindra dans toute son inexorable cruauté.

En 1938, dans *Cours naturel,* Eluard nous donne pour la première fois un témoignage visible de cette préoccupation. Il pousse un cri d'alarme pour « délier, délivrer l'immense pitié de ce temps sourd aux appels déchirants... de ce temps s'ensevelissant sous les ruines de la liberté » (André Breton, *prière d'insérer du volume*). Et il nous donne plusieurs poèmes dans lesquels ces préoccupations et ses plus intimes pensées se lisent déjà comme en un *Livre ouvert*.

Il ne s'agit en aucune façon de faire ici l'apologie de la poésie de circonstance. Les événements se proposent au poète ; à lui d'en savoir extraire la substance et de deviner quelles répercussions ils vont provoquer. Les anciens ne se trompaient guère lorsqu'ils assimilaient le poète au devin : lire dans le temps, voir, ou plutôt prévoir, n'est-ce pas le rôle du poète ? Mais il en est qui limitent volontairement leurs possibilités, qui n'ont pas le courage d'aller jusqu'au bout de leurs moyens. Ce sont tous ceux qui attachent au passé un prix trop grand et qui n'osent garder de ce passé que le strict nécessaire. — « Nous de l'avenir — Pour un petit moment pensons au passé », écrit Eluard dans *Chanson complète* et dans *Poésie et Vérité 1942*, cette sentence rimbaldienne : « De loin en loin, des nouvelles du passé — la bonne clé de la cage. » De loin en loin, mais pas plus. Le mythe de l'âge d'or, du paradis perdu, a suscité de fort beaux poèmes, mais aucun d'eux ne peut plus exalter profondément les hommes d'aujourd'hui. Tout au plus leur ont-ils donné le regret d'un temps où certains aimeraient à vivre, puisqu'ils n'ont pas la hardiesse de désirer vivre dans le monde de demain. Il y a toujours une mélancolie, un sentiment d'infériorité qui se mêle à ce culte du passé, à cet amour des ruines et des formes de pensées disparues. Bon nombre de poèmes — et ce qui est plus grave, des poèmes que l'on écrit aujourd'hui — sont empreints de ce sentiment. Ce sont des coquillages, de fort belles pétrifications oubliées sur le rivage alors que la mer s'est depuis longtemps retirée, et dans lesquelles, pour peu que l'on prête l'oreille, on entend le grondement d'un monde lointain qui se retire, qui s'éloigne de nous. Poèmes où tout le temps passé cherche à se réfugier, à se survivre, où l'on n'entend que des échos — alors que tant de cris de douleur et d'espoir s'élèvent autour de nous et que nous ne voulons parfois pas les entendre.

C'est pourquoi, à cette poésie toute faite, et presque défaite, il faut opposer la poésie à faire, — à ces natures mortes, aussi séduisante que soit leur mélancolie, une poésie vivante. Pour parvenir à ce résultat, le poète doit savoir discerner dans le monde qui l'entoure ce qui appartient au passé et ce qui doit convenir à l'élaboration du monde qui va naître. Ce qui relève de ce passé, et qui ne peut nous convenir, il n'aura garde de l'utiliser ; il se débarrassera, et souvent au prix de bien des efforts, de son influence que tant d'esprits qui ne savent pas quel est leur véritable intérêt entendent maintenir coûte que coûte. Tout ce qu'il y a de vivant en lui, — et en nous tous — appartient au futur et doit y être consacré. Il faut toujours savoir « lire un bonheur sans limites — Dans la simplicité des lignes du présent », dira Eluard dans un poème dont le titre est révélateur : « Ne pas aller au cœur des autres : en sortir. » Les rêves du poète, ce ne sont pas les regrets du temps disparu, mais des projections dans le temps où nous allons vivre ; les ébauches de plus en plus claires de ces chemins où tous les hommes s'engageront. Ce que le poète souhaite, c'est que les tours d'ivoire les plus solidement retranchées s'effondrent, — et aujourd'hui même — mais ce qu'il réclame, avant tout, c'est que la poésie qui doit être la voix même d'un pays, sa parole intime, l'expression de son existence spirituelle, soit libre si l'on veut qu'elle soit authentique.

Baudelaire écrit que la vraie poésie est la « négation de l'iniquité ». Le poète devra donc être d'abord un homme juste ; et un homme juste ne se contente pas de souffrir de l'injustice ; il aide ceux qui travaillent à la supprimer. Les grands poèmes qui sont demeurés vivants au cours des âges sont ceux que cet amour de la justice a le plus profondément inspirés. Certes, il n'est point toujours permis au poète d'exprimer cet amour, cette « nostalgie de la justice ». Mais dans sa solitude, tout l'espoir du monde est réfugié et c'est là qu'il se conserve bien intact. Dans le premier poème de *Cours naturel*, Eluard écrit.

> *Le ciel s'élargira*
> *Nous en avions assez*
> *D'habiter dans les ruines du sommeil,*
> *Dans l'ombre basse du repos.*

Il sait qu'une suprême réparation sera accordée à ceux qui n'ont jamais douté de l'avènement du règne de la justice :

> *... Nous aborderons tous une mémoire nouvelle*
> *Nous parlerons ensemble un langage sensible.*

> *... Que l'homme délivré de son passé absurde*
> *Dresse devant son frère un visage semblable*
> *Et donne à la raison des ailes vagabondes.*

Une telle poésie qui annonce aux hommes leur imminente libération, s'élève avec violence contre ceux qui prétendent instaurer le « temps de l'iniquité » :

> *Regardez travailler les bâtisseurs de ruines*
> *Ils sont riches, patients, ordonnés, noirs et bêtes*
> *Mais ils font de leur mieux pour être seuls sur terre*
> *Ils sont au bord de l'homme et le comblent d'ordures...*

En fait, ce besoin passionné qu'éprouve Eluard, comme tout vrai poète, de participer aux souffrances et aux espérances des hommes, et qui lui inspire tant de pitié et tant d'indignation, se manifeste tout au long de son œuvre. Dans les livres qui précèdent *Cours naturel*, cette tendance n'apparaît que par éclats, que par des images irritées ; à partir de ce livre, elle se confond avec sa poésie même ; elle en est du moins un des éléments les plus actifs. Elle est pour elle et pour le poète même un fécond stimulant. Alors que dans ses poèmes antérieurs, le rêve, les fictions où tant de redoutables réalités viennent se mêler, mais souvent se perdre, constituent le vrai domaine où cette poésie s'épanouit à son aise, dans *Cours naturel*, dans *Chanson complète* : (début 1939), c'est dans un climat spirituel plus riche qu'elle est appelée à se manifester. Maintenant, il peut écrire dans *Chanson complète* : « La lumière et la conscience m'accablent d'autant de mystères, de misères, que la nuit et les rêves. » Et ce passage du rêve à la réalité n'a provoqué aucune rupture, nous dit-il lui-même. Tout est réel, ou plutôt, rien n'est irréel. C'est en pleine lumière, en pleine conscience qu'il écrit les poèmes de ce livre où abondent les images souriantes que lui a inspirées le beau jardin de Saint-Germain où il cultivait les fleurs sauvages. (« Le soleil doux comme une taupe » — « Solitude aux hanches étroites », écrira-t-il plus tard dans *Livre ouvert*, et ailleurs « Solitude beau miel absent ») et ces poèmes tragiques dont la simplicité nous touche peut-être encore davantage :

> *... Nos désirs sont moins lancinants dans la nuit*
> *Frères que cette étoile rouge*
> *Qui gagne malgré tout du terrain sur l'horreur...*

Quelques mois après avoir publié *Chanson complète,* Eluard était mobilisé. Il vit alors au milieu d'un camp ; c'est un travail de jour et de nuit dans une gare qu'entoure à perte de vue l'horizon triste de la Sologne. Des trains passent sans arrêt, alors qu'il lit, pendant des loisirs fort rares, les vieux poètes de la Renaissance, ces poètes oubliés dont la vogue allait renaître dans les premières années de l'armistice. Dehors, il y a la nuit où flamboie le foyer d'une locomotive ; il y a la pluie et le froid. Au point du jour, il retourne à son poste. Tout comme dans un poème célèbre de *Cours naturel,* il y a « le portrait de Nusch sur la table ». Lorsqu'il revient passer une journée à Paris, ce n'est pas pour se plaindre de la misère des temps. Il nous parle de la faune merveilleuse qui vit dans les remblais des voies, papillons jaunes, lézards, belettes et fouines ; il nous raconte avoir vu sur les talus, posée sur des buissons absolument semblables à ceux que peignait jadis Max

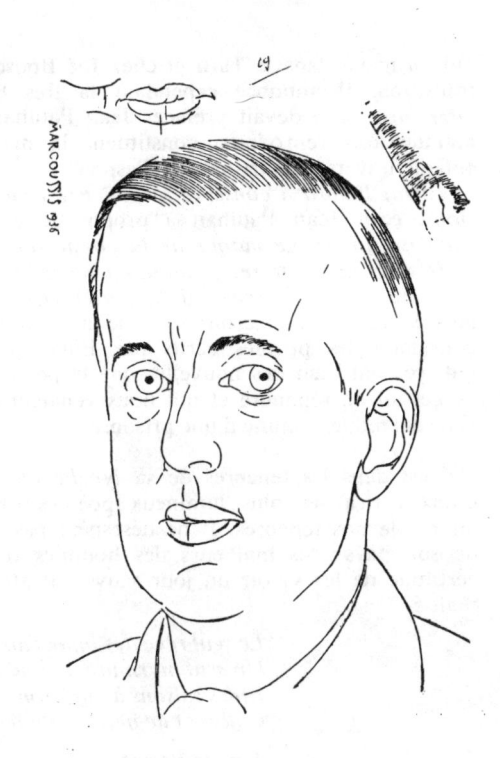

*Paul Eluard par Marcoussis.
1936*

Ernst dans le *Triomphe de l'Amour*, une énorme mante religieuse. (Un esprit curieux comme Georges Bachelard nous fera peut-être un jour l'inventaire exact du bestiaire de Paul Eluard, continuellement enrichi depuis les *Animaux et leurs Hommes* et auxquels s'ajoutent les nombreux poèmes écrits dans les marges d'un grand Buffon illustré par Picasso.) Il revoit aussi les épreuves de la revue qu'il a fondée avec Georges Hugnet, *L'Usage de la Parole*, la plus importante revue littéraire que vit naître la guerre. Puis il retourne en Sologne. Il écrit alors peu de poèmes. Le premier qu'il publiera en 1940, *Blason des Fleurs et des Fruits*, après être revenu d'un exode de quelques mois qui l'a mené dans le Tarn et chez Joë Bousquet, n'est qu'un poème de transition. Il annonce cependant la très belle suite *Sur les Pentes inférieures,* que devait préfacer Jean Paulhan et dont tous les poèmes, maintes fois reproduits, constituent la magnifique cantate de notre époque traversée de tristesse et d'espoir.

« *Paul Eluard a conservé la patience éclatante que nous lui connaissions,* écrit Jean Paulhan à propos de ces poèmes. *Une entreprise ruineuse qui ronge autour de la poésie tout ce qui fut la poésie, perd auprès de lui ses terreurs, puisqu'il ne redoute ni le récit et la fable, ni l'énigme et le proverbe, ni la partie grise et le vers doré.* » « Je ne puis le lire sans le croire », conclut Jean Paulhan qui nous incite à considérer les poèmes écrits par Eluard comme des *Nouvelles*. De fait, ce sont bien des nouvelles que le poète de *Capitale de la Douleur* ne cessait de répandre et qui nous venaient de très loin, comme d'une zone défendue, comme d'une prison.

C'est dans les ténèbres de sa *Noche obscura,* que saint Jean de la Croix écrira ses plus lumineux poèmes ; Eluard écrira les siens au milieu de nos ténèbres. Il ne désespère pas du salut moral et spirituel de son pays ; les malheurs des hommes rendent plus vive en lui la certitude de les savoir un jour sauvés. Il attend avec patience que soit réalisé

> *Le seul rêve des innocents*
> *Un seul murmure un seul matin*
> *Et les saisons à l'unisson*
> *Colorant de neige et de feu*
>
> *Une foule enfin réunie.*

Ces poèmes appartiennent au cycle des *Livre ouvert* (deux volumes seulement ont paru ; le troisième, beaucoup plus important que les précédents, reprendra les poèmes recueillis dans *Poésie et Vérité 1942*). Eluard est tout entier dans ces livres qui nous apportent la preuve d'un renouvellement total et malgré la rigueur des temps — ou les difficultés de l'expression, dont il a su triompher, — ne laissent subsister le moindre doute sur leur signification présente et leur portée future.

Les deux *Livre ouvert* sont des carnets intimes, le « cœur mis à nu ». A la lumière de cette poésie, bien des poèmes précédents réputés difficiles s'éclairent. Sans doute, ne savions-nous pas les lire. S'ils apparaissent encore obscurs pour certains, c'est à la façon d'une nuit toute chargée d'éclairs, d'éclairs qui permettent d'apercevoir furtivement bien des choses que nous ne voyions pas durant le jour. Il est hors de doute que le langage utilisé par Eluard a subi de grandes modifications. Certains de ses timbres musicaux se sont assourdis ; ils ont laissé place dans ses derniers livres à des harmonies plus profondes. Eluard y mêle, au hasard des pages, vers d'amour et poèmes de circonstance. C'est dans sa petite chambre tapissée de livres, dans le quartier populeux où il vit, dans ce Paris humilié dont Rimbaud avait chanté le malheur et la dignité, que le poète écrivit ce *Livre ouvert* où l'on pourra lire, transposée avec ferveur dans des poèmes limpides pour qui sait lire, l'histoire de notre pays. Tout comme Aragon, Eluard peut dire : « Ma Patrie est la faim, la misère et l'amour. » La faim, la misère et l'amour lui inspireront ces poèmes et, si surprenant que puisse paraître le rapprochement, c'est au poète parisien François Villon que font d'abord songer ces strophes où une immense tendresse se mêle à une ironie pleine de pitié. Poèmes du temps où « même les chiens sont malheureux » :

> *Meurt-de-faim mendiants et larrons*
> *Votre chemin a la largeur*
> *Du monde et vous vous égarez*
> *Et vous crevez dans les prisons.*
>
> (Livre ouvert, I.)
>
> *Ils ont la crasse la laideur de la honte*
> *Ils ont le froid la faim la soif et la haine*
> *Ils ont d'habit ce qu'il faut pour un mort*
> *La liberté leur est le pire sort.*
>
> (Livre ouvert, II.)
>
> *Ce vagabond à l'agonie*
> *N'a jamais mâché que poussière*
> *Et jamais relevé la tête*
> *La vieillesse des routes chante*
> *Et rassasie de mort les pauvres.*

Chargée
De fruits légers aux lèvres
Parée
De mille fleurs variées
Glorieuse
Dans les bras du soleil
Heureuse
D'un oiseau familier

*Extrait de « Médieuses »
manuscrit lithographique
de Paul Eluard, illustré
par Valentine Hugo*

Tout paraît morne et détruit dans ce triste monde :

> *Plus une plainte plus un rire*
> *Le dernier chant s'est abattu*
> *Sur la campagne informe et noire.*
>
> (Livre ouvert, II.)

En lisant ces derniers livres, on est frappé par certains poèmes d'amour dont les autres poèmes, plus graves, qui les entourent éclaircissent les couleurs. C'est le cas de la suite *Médieuses*, lumineuse clairière à laquelle Valentine Hugo, dont la vie et l'œuvre sont si étroitement liées à l'activité surréaliste, a tressé de riantes guirlandes de visages et de fleurs. Aucun des livres d'Eluard ne se présente, en effet, sous un seul aspect ; le poète ne peut jamais s'empêcher de mêler le thème de l'amour aux thèmes qui en paraissent les plus opposés. Et il en va de même non seulement pour chacun de ses livres, mais pour chacun de ses poèmes ; ils portent tous, plus ou moins visiblement exprimé, le besoin de mêler la réalité à la fiction. Sans doute, est-ce le thème de la misère qui s'impose avec le plus de force aujourd'hui. Eluard ne peut s'empêcher de voir et d'entendre, ni d'écrire ce que tant de douloureux spectacles lui inspirent, de le crier même. « J'ai reculé la limite du cri », pourra-t-il écrire, non sans fierté.

> *... Je crie mon chagrin*
> *A faire hurler avec moi les sourds*
> *Et les prisonniers que le jour insulte.*
>
> (Poésie et Vérité 1942.)

> *... Les pauvres ramassaient leur pain dans le ruisseau*
> *Et j'entendais parler doucement prudemment*
> *D'un ancien espoir grand comme la main.*
>
> (Poésie et Vérité 1942.)

Ce n'est pas pour rien que dans le premier *Livre ouvert*, Eluard reproduisait un poème écrit en 1918 dans ses *Poèmes pour la paix*. « Je fis un feu, l'azur m'ayant abandonné. » Sans doute les circonstances présentent-elles bien des points de ressemblance, mais il n'en est pas moins vrai que ce rapprochement nous permet de mieux voir quelle profonde unité lie toute son œuvre. Aucune discontinuité. Du

Devoir à l'inquiétude aux deux *Livre ouvert,* il ne s'agit en fin de compte que d'une modulation sur un même thème : cette « négation de l'iniquité » dont parlait Baudelaire. Si l'on pouvait dire d'une œuvre poétique, sans risquer de provoquer quelque confusion, qu'elle est *morale,* avant tout, c'est bien à celle d'Eluard qu'il faudrait songer tout d'abord. C'est cette aspiration au beau et au bien qui inspire à Eluard tant de poèmes que l'on a, un peu hâtivement, qualifiés de « subversifs », alors qu'ils n'étaient que des cris d'indignation devant la bêtise et la laideur. Depuis *Quatre gosses* (1921) « L'orphelin — Le sein qui le nourrit enveloppé de noir — Ne le lavera pas », jusqu'à *Guernica,* jusqu'à la fameuse *Critique de la Poésie* qui clôt la *Vie immédiate* : « C'est entendu, je hais le règne des bourgeois »... il n'est aucun volume de Paul Eluard qui ne soit marqué par cette volonté bien arrêtée de s'opposer par tous les moyens dont peuvent aujourd'hui disposer les poètes, aux prétentions de tous les « bâtisseurs de ruines ».

Dans « Les droits et les devoirs du pauvre » (*Cours naturel*) Eluard s'explique à ce sujet, et avec un accent plus âpre peut-être que celui de ses autres poèmes. Les poèmes le plus visiblement inspirés par cette préoccupation sont en effet écrits en une langue plus rude, brutale parfois, où abondent les formules concises, les images nettes, sans bavures. On relira avec intérêt le poème très révélateur de cet état d'esprit écrit à l'occasion d'un drame qui devait quelques années avant la guerre bouleverser l'opinion : « Violette a rêvé de défaire — a défait — l'affreux nœud de serpents des liens du sang. » On remarque dans tous ces poèmes « subversifs » un certain réalisme de détail qui pourrait surprendre tout d'abord et qui se trouve expliqué par le ton toujours soutenu du poème. Jamais une fois, d'ailleurs, cette poésie ne hausse prétentieusement la voix pour se donner l'allure d'une « poésie justicière ». Elle laisse à d'autres ce soin et se contente de démontrer avec quelle harmonieuse facilité que les devoirs sociaux peuvent chez l'auteur de *Poésie et Vérité 1942* se conjuguer avec le souci constant de demeurer un poète pur.

Ce souci est demeuré chez lui aussi ferme qu'à l'époque des *Dessous d'une vie* et il n'est guère, dans notre littérature, de poète qui se soit plus fidèlement tenu aux strictes règles du « métier de poète » dont parle Vigny dans son *Journal.* D'autres auraient sûrement mis à profit des dons multiples, un sens raffiné de la couleur, de la perfection formelle, de l'exacte valeur des mots, pour se donner une audience plus vaste et moins exigeante. Mais Eluard a préféré s'en tenir aux conseils donnés par Baudelaire et Mallarmé. La poésie n'est pas un seul exercice spirituel que l'on peut pratiquer à temps perdu ; c'est une activité dans laquelle toutes les autres se résorbent. Sans doute, pour l'auteur de *Livre ouvert*, naît-elle de la confrontation et de l'opposition de toutes les aspirations des hommes avec le monde hostile et indifférent qui les entoure. Le poète qui découvre sans cesse de nouveaux rapports entre l'homme et le monde et qui retrouve du même coup, en lui-même, des lois jusqu'alors ignorées, ou tout simplement oubliées, sait que la poésie n'est pas liée à quelque état particulier de la conscience, ou à quelques combinaisons d'images plus ou moins heureuses. Elle peut se manifester partout et à l'aide des mots les plus humbles où elle réside comme le feu du ciel dans la pierre du chemin. Au poète de savoir la faire jaillir.

« Mille images de moi multiplient ma lumière », écrit Eluard dans *Cours naturel*. Ici, le poète s'identifie au monde. « C'est l'oiseau c'est l'enfant c'est le roc c'est la plaine — qui se mêlent à nous », ajoute-t-il dans ce même livre où maints poèmes illustrent l'opinion rapportée plus haut à propos de Max Ernst et selon laquelle « tout ce que l'esprit de l'homme peut concevoir et créer provient de la même veine que sa chair, que son sang et que le monde qui l'entoure ». Cette identification du poète et du monde, Paul Eluard n'hésite plus à l'exprimer sous une forme très concrète et le « plus sombre du sombre Protée qui fuyait les hommes », dont il est question dans *La Rose publique* recourt dès lors à des métamorphoses nouvelles :

> ... *Je fus homme je fus rocher*
> *Je fus rocher dans l'homme homme dans le rocher*
> *Je fus oiseau dans l'air espace dans l'oiseau*
> *Je fus fleur dans le froid fleuve dans le soleil*
> *Escarboucle dans la rosée*
> *Fraternellement seul fraternellement libre.*

Dans ce poème *Mes Heures*, formé de douze quatrains, Eluard fait tenir les douze heures du jour, chacune avec ses images différentes, heureuses ou graves selon qu'elles s'éloignent ou se rapprochent de la nuit, selon qu'elles nous font songer par le jeu subtil des analogies au déroulement des années tout au long d'une vie humaine. Au terme de son poème, le poète est à nouveau fraternellement libre et seul. « Tu me rends à mon espace — A la forme de mon corps », dit-il à la

« Flamme naine souveraine — De l'humide maison noire », où il retrouvera une fois encore toutes les « raisons de rêver ». Tout un système philosophique, ou plutôt une cosmogonie, tient ici dans ces quelques strophes et je ne pense pas qu'il serait sans intérêt de soumettre la plupart des poèmes d'Eluard à un examen analogue. On y retrouverait ces liens qui unissent cette poésie aux anciens *Poèmes cosmiques* et que la poésie d'Eluard s'efforce, à son insu le plus souvent, de dissimuler, tant est grande sa crainte de laisser croire qu'elle est assujettie à la moindre contrainte spirituelle. Il s'agit seulement pour le poète d'« exprimer jusqu'au bout sa pensée » ; une image poétique naît toujours de cet effort et elle illuminera pour nous, dans cette mémoire commune du monde dont parlait Lautréamont, le visage de l'homme qu'il est réellement.

*Paul Eluard par
Giacometti
1935*

Pour parvenir à un tel résultat, il importe, certes, de s'imposer les plus dures disciplines. Un poète guetté comme Eluard par une facilité qu'il aurait pu se faire très aisément pardonner, a dû s'astreindre à un effort continuel pour se renouveler, pour adjoindre à son langage ces mots nouveaux dont il avait cru qu'un certain nombre lui étaient interdits. Dans les *Blasons,* et quelques années avant, dans un poème qui n'est pas pour rien dédié à André Breton, Eluard n'utilise que des mots qu'il avait négligés jusqu'alors et dont il ignorait le contenu poétique. Mieux. C'est avec leur halo lumineux intact — André Gide, à propos de la poésie d'Eluard, parle de l'auréole diffuse qui entoure les mots de ses poèmes — qu'il les reconquiert sur ce langage de tous les jours où personne ne discernait leur valeur. L'assimilation continue de l'irrationnel, pour employer les termes mêmes de la belle époque surréaliste.

Une poésie ainsi construite, et dirigée en pleine connaissance de cause vers l'expression d'une pensée absolument sûre d'elle-même (le poète n'a toujours qu'*une seule pensée,* patiemment, interminablement répétée) ne peut aboutir qu'à une affirmation, une affirmation qui n'admet pas de réplique. Le poète affirme que ce qu'il dit est la vérité, que toutes ses images sont vraies et qu'il peut le prouver. Il suffit de feuilleter les derniers livres de Paul Eluard pour s'en convaincre : les affirmations y abondent. Il s'agit dans la plupart des cas de petites phrases, de courtes sentences de deux vers seulement, généralement de même rythme et faciles à retenir, qui surgissent d'une manière brusque des profondeurs du poème dont elles sont le résumé ou, le plus souvent, la moralité. « Mon passé mon présent — nous n'en avons plus peur. » — « Ecoute pour apprendre à dire les raisons — de ce que tu entends. » « Qui ne veut mourir s'affole — Qui se voit mort se console. » — « Errant couvre avec soin tes traces — Pour ne pas disparaître. » — Ou encore : « Prenez garde à vos pattes — L'homme a les pieds en sang. »

Tels sont brièvement exposés les principales caractéristiques et le développement de cette poésie sur laquelle il resterait tant à dire. Une étude plus détaillée de cet art très particulier nous conduirait à parler de la structure de la phrase d'Eluard, de sa composition, de la nature des images qu'il emploie, de la hardiesse de sa prosodie (« La mise au tombeau comme on tue la vermine », écrit-il dans *La Rose publique,* phrase elliptique dont on ne trouve guère d'exemple plus rigoureux que dans *Peintures*, de Henri Michaux : « Paysages comme on se tire un drap sur la tête »). De plus amples renseignements biographiques nous montreraient Eluard à Saint-Germain, dans cette « Maison grise » où tant de souvenirs sont attachés et nous rappelleraient l'époque où il lisait à ses amis les poèmes de Max Jacob, de Jarry, de Cros, de Saint-Pol Roux, de Guillaume Apollinaire et en particulier *La Jolie Rousse* que l'on ne peut reprendre sans ironie aujourd'hui :

« Car il y a tant de choses que je n'ose vous dire — Tant de choses que vous ne me laisseriez dire... »

Il resterait enfin à évoquer plus longuement la figure de ce poète dont l'œuvre et la vie constituent un exemple pour les jeunes écrivains et leur renouvellent avec une insistance pleine de patience leurs raisons de ne pas désespérer. Ses traits, on peut les voir paraître lorsque l'on se penche sur le miroir magique de ses livres : ils ont gardé cette jeunesse que les poètes n'échangent jamais, pas même contre cette gravité qui, trop souvent, nous défigure, bien plus qu'elle ne nous enrichit. Eluard demeure pour beaucoup d'entre nous, tel qu'en lui-même enfin notre amitié le change, semblable à ce qu'il a toujours été : un homme qui sait être volontiers excessif, coléreux, mais qui n'oublie pas combien la bonté toute simple lui est plus profitable.

Faites lire autour de vous

TOUTES

les publications clandestines

que vous recevez.

Les jeter

est une mauvaise action.

Dernière page de « L'Eternelle Revue », n⁰ 1, juin 1944

Depuis plusieurs années, Eluard vit à Paris où son activité nous est voilée par cette brume qui dérobe la capitale. Et je ne puis évoquer cette vie qui se règle sur la vie spirituelle de notre pays, sans me souvenir de ces vieux peintres du xve siècle qui tinrent, comme lui aujourd'hui, à demeurer à Paris, alors que la grande ville n'était plus que la capitale des provinces occupées. Tout était perdu alors, sauf l'espérance. C'est de cette espérance que nous entretient l'auteur de

« *J'écris dans ce pays où l'on parque les hommes*
Dans l'ordure et la soif, le silence et la faim... »

(François la Colère : LE MUSÉE GREVIN)

Epigraphe signée François la Colère (Aragon) pour « Les Sept poèmes d'amour en guerre » publiés en 1943, sous le pseudonyme de Jean du Haut (Paul Eluard)

Livre ouvert. Et pour nous, c'est le même ciel embrasé qui se reflète dans *Le Crève-cœur* d'Aragon et dans les derniers livres d'Eluard. Tout comme le vieux peintre français qui refusait de quitter sa capitale humiliée, ces poètes sont restés parmi nous ; jamais ils n'ont été si près de nous. Ils écrivent pour que le « règne de la justice arrive », — cette justice qu'il est bien permis aux poètes de confondre avec la beauté. C'est sans doute une de nos meilleures raisons d'espoir que le fraternel accord de ces poètes qui assurent à la poésie d'aujourd'hui sa rayonnante vitalité et préparent ainsi une magnifique floraison à la poésie de demain. Mais « Le prodige — écrit Eluard... — serait une légère poussée contre le mur.

Ce serait de pouvoir secouer cette poussière
Ce serait d'être unis. »

Janvier 1944.

AOUT 1948

L'œuvre de Paul Eluard s'est enrichie depuis la Libération de plusieurs livres de poèmes d'une égale densité. Et cependant, si les sources d'inspiration sont demeurées les mêmes — l'amour, la mort, thèmes sans cesse échangeables et toujours mêlés à l'exaltation des plus hautes vertus humaines — le langage dans lequel s'exprime cette poésie a gagné en gravité. A l'accent même du bonheur partagé que nous entendions en ouvrant ses premiers livres, s'est substituée aujourd'hui une seule voix, une voix profonde qui donne un ton plus émouvant aux images toujours renouvelées de ses poèmes. On en devine facilement les raisons. L'existence du poète ne fait qu'un avec sa poésie ; elles ne sont pas séparables. L'événement douloureux qui a bouleversé sa vie intime a retenti aussitôt sur sa poésie et c'est à sa lueur que nous apparaît, plus clairement qu'hier, l'identité de la vie du poète et de sa poésie. Les mots dont il se sert tous les jours sont exactement les mêmes que ceux de ses poèmes. De là, le caractère authentique de cette œuvre qu'il faut croire sur parole, puisqu'elle est le reflet, hier serein et confiant, aujourd'hui dramatique et pourtant plein d'espoir, de sa propre vie. Une vie qui est un effort incessant vers cette perfection morale et intellectuelle qu'un poète cherche toujours à atteindre et dont le témoignage le plus révélateur est l'un de ses poèmes les plus achevés, Poésie ininterrompue.

Lorsqu'on relit à la suite tous les livres du poète, on est frappé par l'analogie de ce dernier poème — et des Poèmes politiques *qu'il vient de publier, avec ceux des premières plaquettes de 1917. Mais à ces chants d'innocence qu'étaient alors le* Devoir *et l'*Inquiétude *ou* Mourir de ne pas mourir *sont venus peu à peu se superposer des chants d'expérience — d'une expérience très chèrement acquise et qui, sans rien ôter de la fraîcheur et de la souriante limpidité des premiers,*

Italie. 1946

leur donne une vibration pathétique dont les ondes n'ont pas fini de se propager autour de nous. Il s'agit ici de la mise en présence d'un homme à qui la vie n'avait rien épargné, avec les rêves d'une jeunesse demeurée intacte ; de sa confrontation de la réalité quotidienne avec un monde intérieur où les poètes se réfugient trop souvent pour l'ignorer. Ce poème avait été commencé pendant l'une des époques les plus actives de la vie publique du poète, au moment où il allait entreprendre ses longues et amicales tournées d'ambassadeur de la poésie nouvelle et des idées les plus généreuses en Grèce, en Yougoslavie, en Pologne, en Tchécoslovaquie, en Italie. C'est pendant l'une de ses haltes, en été 1945, que cette œuvre qui est un véritable drame lyrique avait été achevée.

Poésie ininterrompue est une somme poétique. C'est à la fois le résumé et le survol de toute une œuvre. Ce livre fait parfois penser, par sa forme même, par le retour de cette obsédante invitation à nous élever « sans fin d'un degré », et par le mouvement précipité de son épanouissement, à ces textes où les mystiques enferment leur vision

*Nusch et Paul Eluard
(Phot. Man Ray)*

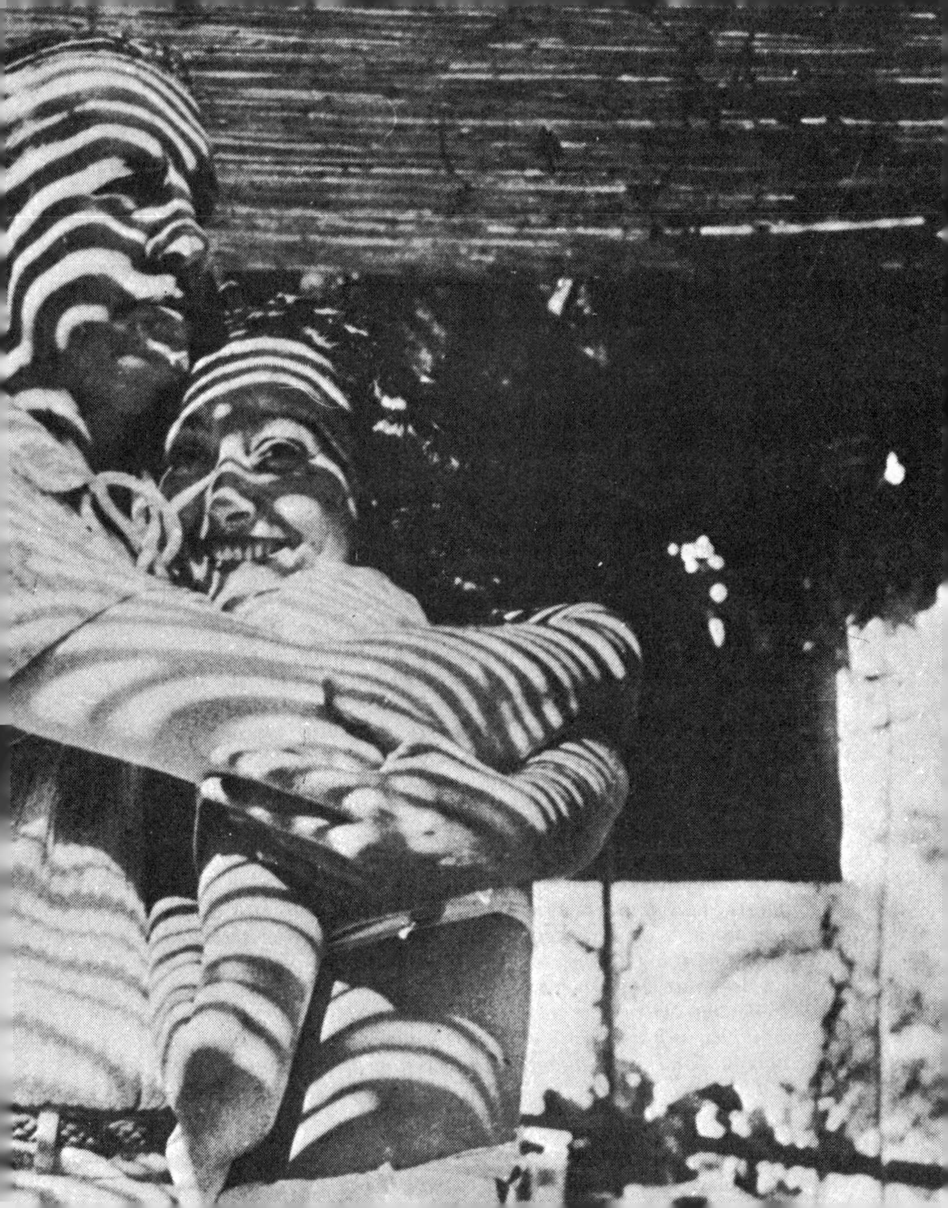

d'une réalité très souvent déformée. Mais ici, c'est la raison, une raison très claire et dont on devine très aisément la démarche, qui dirige au-dessus de tant d'images d'un monde bouleversé, de vieux souvenirs, d'objets encore couverts d'empreintes humaines, cette exploration poétique dans une mémoire commune à tous les hommes. Tout le poème est guidé par cette puissance d'incantation, cette magie qui croît de strophe en strophe pour s'épanouir en un chant très humain de confiance et d'amour. Au terme de ce voyage, ou plutôt lorsque s'achève cet épisode d'une histoire vieille comme la misère humaine, ce premier chant d'un poème qui ne peut avoir de fin, « les derniers arguments du néant sont vaincus », le monde créé et le monde à faire ne sont plus qu'un, toutes les contradictions dont souffraient le poète et ses semblables sont annulées jusque dans leurs formes les plus diverses et l'image poétique inclut ici, dans sa symbolique, toute une conception philosophique du monde. « Et minuit mûrit des fruits — et midi mûrit des lunes ». Le poète a conquis sa totale liberté et retrouvé une joie qu'il partage avec la femme aimée qu'il identifie au monde et avec laquelle il ne vit désormais que pour « être fidèle à la vie ».

Cette fidélité à la vie, c'est elle que chante Eluard dans Le dur Désir de durer (« Nous sommes la fraîcheur future »). Derrière lui, « les ruines et les murs s'effacent ». « Tout fleurit et mûrit — sur la paille de ta vie — Où je couche mes vieux os. » On retrouve ici le ton simple de ses meilleurs poèmes où la misère n'est que l'ombre de l'amour, et que viennent parfois éclairer, comme le rappel des jours heureux reflétés tout au long de l'œuvre d'Eluard, tant de gracieuses images. « Trempée d'aube une feuille ourle le paysage. » Illustré par des dessins de Chagall, des personnages ailés, des paysages de dentelles qui sont nés d'une petite tache, ce livre paraissait en novembre 1946, le mois même où mourait Nusch Eluard.

— « J'ai été seul — et j'en frémis encore », écrivait-il quelques mois plus tôt dans Le Travail du Poète. Cette solitude, il devait alors la connaître dans toute sa cruauté. Plus tard, lorsque plus d'une année se sera écoulée et qu'à sa peine demeurée aussi vive se sera peu à peu mêlée cette confiance dans la vie qui ne peut jamais être séparée des épreuves les plus grandes, il tentera de nous dire quelle avait été sa douleur devant cette mort qui lui donnait le sentiment d'avoir été « la victime d'une injustice ». « Après le plus grand abandon, quand il n'eut plus au fond de lui-même que la vision de sa femme morte, il fut secoué d'une grande révolte. » Dix-sept années séparaient cette triste

Nusch, « Le Temps déborde », éd originale

matinée de novembre des jours heureux où il avait fait sa connaissance et dont l'histoire, pour qui sait lire les poèmes, commence dès les premières pages de **La Rose publique**, *images chatoyantes d'un dialogue amoureux qui se mêle aux images du poème comme un lumineux filigrane.*

*

C'est au souvenir de Nusch, ou plutôt à la magnification de son image toujours présente, que le poète publiait en juin 1947, illustré par d'admirables photographies de Dora Maar et de Man Ray, un recueil de poèmes sous le pseudonyme de Didier Desroches. La beauté bouleversante de ces pages permit très rapidement d'en identifier l'auteur. Il y avait là, bien plus que des cris de révolte, une ferveur passionnée qui rendait à la vie cette petite ombre qui se confond avec la sienne. **Le Temps déborde** *débutait par plusieurs poèmes écrits avant* la mort de Nusch et demeurés alors inédits. Dans l'un d'eux, daté du 27 novembre — la veille même du jour où disparaissait sa compagne — il écrivait : « J'ai donné sa raison, sa forme, sa chaleur — Et son rôle immortel à celle qui m'éclaire. » Brusquement, ce furent les ténèbres. Cette mort que rien ne laissait prévoir, marquait la rupture avec le temps où l'amour n'était qu'un des noms de la poésie, « Aurore en moi dix-sept années toujours plus claires — Et la mort entre en moi comme dans un moulin » ; c'étaient les limites du malheur atteintes, la négation même de la poésie : « Tout le souci tout le tourment — De vivre encore et d'être absent — d'écrire ce poème — Au lieu du poème vivant — que je n'écrirai pas — Puisque tu n'es pas là. » En se dissimulant ainsi sous ce nom d'emprunt, le poète faisait abandon du nom que celle qui l'avait inspiré nous avait rendu si cher. Il ne restait dès lors rien au poète, que les ressources bien fragiles que l'amitié pouvait lui apporter et celles qu'il puisait dans les convictions politiques qu'il avait partagées avec sa « morte vivante ». Celles-ci devaient lui rendre cette raison de vivre que la ferveur de tant d'êtres anonymes qui partagèrent sa douleur, rendait plus pressante et plus affectueuse.

Parmi ces amitiés qui ne s'étaient jamais démenties un seul jour et qui devaient alors se montrer si réconfortantes, il faut placer au premier rang celle que Pablo Picasso n'avait cessé de manifester au poète et à sa femme. Le grand artiste qui a peint de nombreux portraits de Nusch Eluard, parmi lesquels figure cette toile célèbre destinée au Louvre et où elle apparaît comme un fantôme léger et souriant sur un fond gris cendre, semblable déjà aux « draps humides de novembre », devait apporter son appui fraternel au poète. Celui-ci lui avait consacré un livre en décembre 1944 dans lequel il reprenait la plupart des textes écrits précédemment sur lui, notamment dans Donner à Voir et de nombreux poèmes reproduits dans le catalogue d'une exposition (Picasso libre) en juillet 1945. Il devait lui consacrer en 1947 un poème en prose qui compte parmi les plus importants de son œuvre et qui est en même temps qu'un hommage au peintre, une « explication » de l'attitude que ce dernier affirme avec plus de force chaque jour devant les problèmes qui se posent à l'homme et à l'artiste d'aujourd'hui. Texte d'une extrême limpidité, au vocabulaire très simple et dans lequel la prose d'Eluard qui s'exprime souvent — comme sa poésie — en des formes saisissantes, en des aphorismes où de très longues réflexions amoureuses sont résumées, atteint à une pureté

Nusch Eluard, par Picasso

absolue. Ces lignes fluides courent avec une légèreté comparable aux dessins que le peintre accumule depuis une année, sous les très belles photographies du Picasso à Antibes. « Aux lieux saints de la paresse méritée, ton travail, un jour, sera à l'honneur. D'avoir eu tant à voir au courant de ta main, tu fais confiance aux mains d'autrui. Tu sais mieux que personne qu'il ne faut pas un grand espace de printemps pour lâcher l'été sur terre, pour forcer l'avenir. Et ta main s'alourdit d'une graine qui germe. » Picasso est de ceux pour qui la peinture, comme la poésie, ont pour but, bien plus souvent qu'on ne veut le croire, la « vérité pratique ».

C'est à la recherche de cette vérité pratique que le poète se consacre sans doute avec le plus d'application et d'efficacité dans ses dernières œuvres. Dans les Poèmes Politiques, *voisinent des poèmes consacrés à des événements de la vie de notre pays et des textes dans lesquels le poète éclaire avec une sincérité parfois brutale, sans fausse honte et sans dissimulation cette vie privée à laquelle les poètes ne font d'ordinaire que des allusions prudentes ou hypocrites. Il s'en explique lui-même, nous montre les liens qui unissent deux domaines beaucoup moins distants qu'on ne le croit et nous enseigne ainsi à la suite de quelle discipline du corps et de l'esprit, l'horizon d'un homme peut devenir l'horizon de tous. Tout comme il avait bafoué jadis les « bâtisseurs de ruines », il flétrit aujourd'hui les « faiseurs de morale » qui ne pourront jamais comprendre qu'un homme ne peut communiquer totalement avec ses semblables que par l'entremise des sens, que seulement grâce à eux, l'espoir, la confiance dans la vie et la promesse d'un amour dans lequel le poète ne sera pas un « homme inachevé »* (La Vie immédiate) *peuvent renaître en lui. Par eux, il arrive à se libérer de la solitude et les images voilées jusqu'alors reparaissent, elles nous sourient à travers leurs larmes dans les petits poèmes de* Corps mémorable *que le poète signe d'un nouveau pseudonyme, Brun (l'Ours, ou plutôt, d'après l'auteur lui-même, le petit ours, l'ourson des contes d'enfant).*

C'est alors, nous dit-il, que « le malheureux se reprit à leur sourire, d'un sourire peut-être un peu moins aimable qu'avant, mais plus juste, meilleur... Il entendit gronder le chant qui montait de la foule compacte. Il n'eut plus honte ». Dans la préface de ce livre, Aragon remarque combien le ton lyrique et passionné de ces textes en prose rappelait celui d'Arthur Rimbaud dans Une Saison en Enfer ; *mais il souligne la différence considérable des préoccupations qui devaient attendre chacun des deux poètes à la sortie de leur enfer. Au tourment métaphysique, au désespoir sans issue du premier s'est substitué chez le second une volonté que la douleur a rendue plus lucide et qui dirigera le génie du poète dans les temps que nous vivons, qui ne sont pas ceux du mépris, ni de la « divine utopie », mais bien ceux, depuis fort longtemps attendus, de l'« efficience humaine ».*

CHOIX DE TEXTES

POUR VIVRE ICI

Je fis un feu, l'azur m'ayant abandonné,
Un feu pour être son ami,
Un feu pour m'introduire dans la nuit d'hiver,
Un feu pour vivre mieux.

Je lui donnai ce que le jour m'avait donné :
Les forêts, les buissons, les champs de blé, les vignes,
Les nids et leurs oiseaux, les maisons et leurs clés,
Les insectes, les fleurs, les fourrures, les fêtes.

Je vécus au seul bruit des flammes crépitantes,
Au seul parfum de leur chaleur ;
J'étais comme un bateau coulant dans l'eau fermée,
Comme un mort je n'avais qu'un unique élément.

1918. *(Choix de poèmes,* N.R.F.)

Nous remercions les éditeurs originaux des œuvres de Paul Eluard, qui nous ont permis de reproduire dans cet ouvrage les poèmes extraits de ses différents livres.

EXEMPLAIRE Nº

Spécialement imprimé pour celle que j'aime, Gala, qui me cache ma vie et me montre tant l'amour

il n'existe qu'un être : Gala

Paul Éluard

Dédicace à Gala à « Défense de savoir », Ed. Surréalistes, 1928

L'AMOUREUSE

Elle est debout sur mes paupières
Et ses cheveux sont dans les miens,
Elle a la forme de mes mains,
Elle a la couleur de mes yeux,
Elle s'engloutit dans mon ombre
Comme une pierre sur le ciel.

Elle a toujours les yeux ouverts
Et ne me laisse pas dormir.
Ses rêves en pleine lumière

Font s'évaporer les soleils,
Me font rire, pleurer et rire, *extremes of emotion*
Parler sans avoir rien à dire.

1923. *(Capitale de la Douleur*, N.R.F.)

LE MIROIR D'UN MOMENT

not a love poem

Il dissipe le jour,
Il montre aux hommes les images déliées de l'apparence,
Il enlève aux hommes la possibilité de se distraire.
Il est dur comme la pierre,
La pierre informe,
La pierre du mouvement et de la vue, *armour*
Et son éclat est tel que toutes les armures, tous les masques en sont faussés. *distorted*
Ce que la main a pris dédaigne même de prendre la forme de la main,
Ce qui a été compris n'existe plus,
L'oiseau s'est confondu avec le vent,
Le ciel avec sa vérité,
L'homme avec sa réalité.

1925. *(Capitale de la Douleur*, N.R.F.)

JE TE L'AI DIT

Je te l'ai dit pour les nuages
Je te l'ai dit pour l'arbre de la mer
Pour chaque vague pour les oiseaux dans les feuilles
Pour les cailloux du bruit
Pour les mains familières
Pour l'œil qui devient visage ou paysage
Et le sommeil lui rend le ciel de sa couleur

Tout ce que j'ai dit
Gala.
c'était pour que tu l'entendes
Ma bouche n'a jamais pu quitter tes yeux

Paul Eluard

L'AMOUR LA POÉSIE

Pour toute la nuit bue
Pour la grille des routes
Pour la fenêtre ouverte pour un front découvert
Je te l'ai dit pour tes pensées pour tes paroles
Toute caresse toute confiance se survivent.

1928. (L'Amour la poésie, N.R.F.)

NUITS PARTAGEES
Fragment

. . . .

Je m'obstine à mêler des fictions aux redoutables réalités. Maisons inhabitées, je vous ai peuplées de femmes exceptionnelles, ni grasses, ni maigres, ni blondes, ni brunes, ni folles, ni sages, peu importe, de femmes plus séduisantes que possible, par un détail. Objets inutiles, même la sottise qui procéda à votre fabrication me fut une source d'enchantements. Etres indifférents, je vous ai souvent écoutés, comme on écoute le bruit des vagues et le bruit des machines d'un bateau, en attendant délicieusement le mal de mer. J'ai pris l'habitude des images les plus inhabituelles. Je les ai vues où elles n'étaient pas. Je les ai mécanisées comme mes levers et mes couchers. Les places, comme des bulles de savon, ont été soumises au gonflement de mes joues, les rues à mes pieds l'un devant l'autre et l'autre passe devant l'un, devant deux et fait le total, les femmes ne se dépaçaient plus que couchées, leur corsage ouvert représentant le soleil. La raison, la tête haute, son carcan d'indifférence, lanterne à tête de fourmi, la raison, pauvre mât de fortune pour un homme affolé, le mât de fortune du bateau... voir plus haut.

Pour me trouver des raisons de vivre, j'ai tenté de détruire mes raisons de t'aimer. Pour me trouver des raisons de t'aimer, j'ai mal vécu.

1931. (*La Vie immédiate.*)

SALVADOR DALI

C'est en tirant sur la corde des villes en fanant
Les provinces que le délié des sexes
Accroît les sentiments rugueux du père
En quête d'une végétation nouvelle
Dont les nuits boule de neige
Interdisent à l'adresse de montrer le bout mobile de son nez.

C'est en lisant les graines imperceptibles des désirs
Que l'aiguille s'arrête complaisamment
Sur la dernière minute de l'araignée et du pavot
Sur la céramique de l'iris et du point de suspension
Que l'aiguille se noue sur la fausse audace
De l'arrêt dans les gares et du doigt de la pudeur

C'est en pavant les rues de nids d'oiseaux
Que le piano des mêlées de géants
Fait passer au profit de la famine
Les chants interminables des changements de grandeur
De deux êtres qui se quittent.

C'est en acceptant de se servir des outils de la rouille
En constatant nonchalamment la bonne foi du métal
Que les mains s'ouvrent aux délices des bouquets
Et autres petits diables des villégiatures
Au fond des poches rayées de rouge.

C'est en s'accrochant à un rideau de mouches
Que la pêcheuse malingre se défend des marins
Elle ne s'intéresse pas à la mer bête et ronde comme une pomme
Le bois qui manque la forêt qui n'est pas là
La rencontre qui n'a pas lieu et pour boire
La verdure dans les verres et la bouche qui n'est faite
Que pour pleurer une arme le seul terme de comparaison
Avec la table avec le verre avec les larmes
Et l'ombre forge le squelette du cristal de roche.

C'est pour ne pas laisser ces yeux les nôtres vides entre nous
Qu'elle tend ses bras nus
La fille sans bijoux la fille à la peau nue
Il faudrait bien par-ci par-là des rochers des vagues
Des femmes pour nous distraire pour nous habiller
Ou des cerises d'émeraudes dans le lait de la rosée.

Tant d'aubes brèves dans les mains
Tant de gestes maniaques pour dissiper l'insomnie
Sous la rebondissante nuit du linge
Face à l'escalier dont chaque marche est le plateau d'une balance
Face aux oiseaux dressés contre les torrents
L'étoile lourde du beau temps s'ouvre les veines.

1930. *(La Vie immédiate.)*

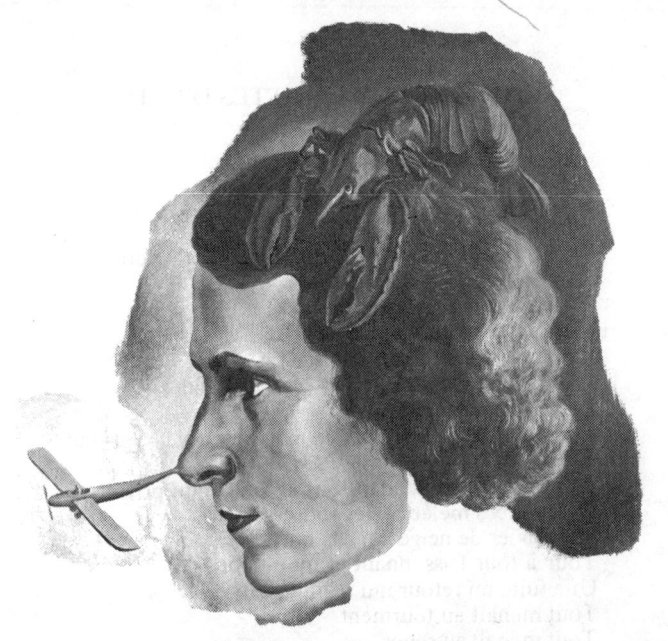

Gala par Salvador Dali. 1927

gala

les terribles limites que ton amour me crée

Paul Eluard

CAPITALE DE LA DOULEUR

COMME DEUX GOUTTES D'EAU
Fragment

. . . .
L'homme
Ses bizarres idées de bonheur l'avaient abandonné
Il imposait sa voix inquiète
A la chevelure dénouée
Il cherchait cette chance de cristal
L'oreille blonde acquise aux vérités
Il offrait un ciel terne à des regards lucides
Leviers sensibles de la vie
Il n'attendait plus rien de sa mémoire qui s'ensablait

L'amour unique tendait tous les pièges du prisme
Des sources mêlées à des sources
Un clavier de neige dans la nuit
Tour à tour frissonnant et monotone
Une fuite un retour nul n'était parti
Tout menait au tourment
Tout menait au repos
De longs jours étoilés de colères
Pour de longs jours aux nervures de baisers
L'enfance à travers l'automne d'un instant
Pour épuiser l'avenir

Et cent femmes innocentes ignorées ignorantes
Pour préférer celle qui resta seule
Une nuit de métamorphoses
Avec des plaintes des grimaces
Et des rancunes à se pendre.
. . . .

1932. *(La Rose publique*, N.R.F.)

ON NE PEUT ME CONNAITRE

On ne peut me connaître
Mieux que tu me connais

Tes yeux dans lesquels nous dormons
Tous les deux
Ont fait à mes lumières d'homme
Un sort meilleur qu'aux nuits du monde

Tes yeux dans lesquels je voyage
Ont donné aux gestes des routes
Un sens détaché de la terre

Dans tes yeux ceux qui nous révèlent
Notre solitude infinie
Ne sont plus ce qu'ils croyaient être

On ne peut te connaître
Mieux que je te connais.

1935., *(Les Yeux fertiles.)*

A PABLO PICASSO

I

Bonne journée j'ai revu qui je n'oublie pas
Qui je n'oublierai jamais
Et des femmes fugaces dont les yeux
Me faisaient une haie d'honneur
Elles s'enveloppèrent dans leurs sourires

Bonne journée j'ai vu mes amis sans soucis
Les hommes ne pesaient pas lourd

Paul Eluard par Picasso
« Les Yeux fertiles » 1936

Un qui passait
Son ombre changée en souris
Fuyait dans le ruisseau

J'ai vu le ciel très grand
Le beau regard des gens privés de tout
Plage distante où personne n'aborde

Bonne journée qui commença mélancolique
Noire sous les arbres verts
Mais qui soudain trempée d'aurore
M'entra dans le cœur par surprise.

(15 mai 1936.)

Avec Picasso,
1938

A PABLO PICASSO

II

Montrez-moi cet homme de toujours si doux
Qui disait les doigts font monter la terre
L'arc-en-ciel qui se noue le serpent qui roule
Le miroir de chair où perle un enfant
Et ces mains tranquilles qui vont leur chemin
Nues obéissantes réduisant l'espace
Chargées de désirs et d'images
L'une suivant l'autre aiguilles de la même horloge

Montrez-moi le ciel chargé de nuages
Répétant le monde enfoui sous mes paupières
Montrez-moi le ciel dans une seule étoile
Je vois bien la terre sans être ébloui
Les pierres obscures les herbes fantômes
Ces grands verres d'eau des grands blocs d'ambre des paysages
Les jeux du fer et de la cendre
Les géographies solennelles des limites humaines

Montrez-moi aussi le corsage noir
Les cheveux tirés les yeux perdus
De ces filles noires et pures qui sont d'ici de passage et d'ailleurs à mon gré.
Qui sont de fières portes dans les murs de cet été
D'étranges jarres sans liquide toutes en vertus
Inutilement faites pour des rapports simples
Montrez-moi ces secrets qui unissent leurs tempes
A ces palais absents qui font monter la terre.

(30 août 1936.)
(*Les Yeux fertiles.*)

SANS AGE

Nous approchons
Dans les forêts
Prenez la rue du matin
Montez les marches de la brume

Nous approchons
La terre en a le cœur crispé
Encore un jour à mettre au monde.

★

Le ciel s'élargira
Nous en avions assez
D'habiter dans les ruines du sommeil
Dans l'ombre basse du repos
De la fatigue de l'abandon

La terre reprendra la forme de nos corps vivants
Le vent nous subira
Le soleil et la nuit passeront dans nos yeux
Sans jamais les changer

Notre espace certain notre air pur est de taille
A combler le retard creusé par l'habitude
Nous aborderons tous une mémoire nouvelle
Nous parlerons ensemble un langage sensible.

O mes frères contraires gardant dans vos prunelles
La nuit infuse et son horreur
Où vous ai-je laissés
Avec vos lourdes mains dans l'huile paresseuse
De vos actes anciens
Avec si peu d'espoir que la mort a raison
O mes frères perdus
Moi je vais vers la vie j'ai l'apparence d'homme
Pour prouver que le monde est fait à ma mesure.

Et je ne suis pas seul
Mille images de moi multiplient ma lumière
Mille regards pareils égalisent la chair
C'est l'oiseau c'est l'enfant c'est le roc c'est la plaine

Qui se mêlent à nous
L'or éclate de rire de se voir hors du gouffre
L'eau le feu se dénudent pour une seule saison
Il n'y a plus d'éclipse au front de l'univers.

*

Mains par nos mains reconnues
Lèvres à nos lèvres confondues
Les premières chaleurs florales
Alliées à la fraîcheur du sang
Le prisme respire avec nous
Aube abondante
Au sommet de chaque herbe reine
Au sommet des mousses à la pointe des neiges
Des vagues des sables bouleversés
Des enfances persistantes
Hors de toutes les cavernes
Hors de nous-mêmes.

(Cours naturel.)

IDENTITES

A Dora Maar.

Je vois les champs la mer couverts d'un jour égal
Il n'y a pas de différences
Entre le sable qui sommeille
La hache au bord de la blessure
Le corps en gerbe déployée
Et le volcan de la santé

Je vois mortelle et bonne
L'orgueil qui retire sa hache
Et le corps qui respire à pleins dédains sa gloire
Je vois mortelle et désolée
Le sable qui revient à son lit de départ
Et la santé qui a sommeil

Le volcan palpitant comme un cœur dévoilé
Et les barques glanées par des oiseaux avides

Les fêtes sans reflets les douleurs sans écho
Des fronts des yeux en proie aux ombres
Des rires comme des carrefours
Les champs la mer l'ennui tours silencieuses tours sans fin

Je vois je lis j'oublie
Le livre ouvert de mes volets fermés.

(Cours naturel.)

LA VICTOIRE DE GUERNICA

1

Beau monde des masures
De la mine et des champs

2

Visages bons au feu visages bons au froid
Aux refus à la nuit aux injures aux coups

3

Visages bons à tout
Voici le vide qui vous fixe
Votre mort va servir d'exemple

4

La mort cœur renversé

Picasso. « Guernica ». Musée de New York (Phot. Giraudon)

5

Ils vous ont fait payer le pain
Le ciel la terre l'eau le sommeil
Et la misère
De votre vie

Ils disaient désirer la bonne intelligence
Ils rationnaient les forts jugeaient les fous
Faisaient l'aumône partageaient un sou en deux
Ils saluaient les cadavres
Ils s'accablaient de politesses

7

Ils persévèrent ils exagèrent ils ne sont pas de notre monde

8

Les femmes les enfants ont le même trésor
De feuilles vertes de printemps et de lait pur
Et de durée
Dans leurs yeux purs

9

Les femmes les enfants ont le même trésor
Dans les yeux
Les hommes le défendent comme ils peuvent

10

Les femmes les enfants ont les mêmes roses rouges
Dans les yeux
Chacun montre son sang

11

La peur et le courage de vivre et de mourir
La mort si difficile et si facile

12

Hommes pour qui ce trésor fut chanté
Hommes pour qui ce trésor fut gâché

13

Hommes réels pour qui le désespoir
Alimente le feu dévorant de l'espoir
Ouvrons ensemble le dernier bourgeon de l'avenir

14

Parias la mort la terre et la hideur
De nos ennemis ont la couleur
Monotone de notre nuit
Nous en aurons raison.

(Cours naturel.)

APRES MOI LE SOMMEIL

A Max Ernst.

1

Au déclin de la force
Un feu très sombre déambule

2

J'entrai dans cet état qui joue sa fin

3

Corbeaux menus minuits rapaces
Dentelle à ternir tous les ors

4

Par brassées de murmures la lande et ses fantômes
Répétaient les discours dont je m'étourdissais

5

Lacs de cire et les chênes moisis
A l'odeur de cellier
Carré d'étoiles vertes
Les oiseaux desséchés
Prenaient des poses immortelles

6

Plusieurs douceurs entrevues
Toutes plus mignonnes
Que le cri de la fleur amie
Avaient fondu dans la nuit
Comme clefs dans leur serrure
Comme boissons dans la chaleur

7

De l'autre côté des maisons invisibles
Au-delà du sommeil qui brouille les visages
De longues feuilles continuaient mon amertume
Sous leurs aisselles

8

Chemins ligneux
Chemins paralysés
Incohérents

Max Ernst.
« Au Rendez-vous des Amis »
(détail : autoportrait)
(Phot. Giraudon)

9

Corbeaux menus et l'enfant noir
Ouvrit ses yeux de neige

10

Je me tournai le brouillard avec moi
Tourna

11

J'eus tout mon poids horizontal

12

Un rien de temps et ce sera le jour entier
La pierre mâche des semblants d'épée
Sur des charnières de verdure l'azur bat
La tête secoue son aurore
Un rien de temps et le soleil prête serment

(Le Livre ouvert.)

LES CISEAUX ET LEUR PERE

Le petit est malade, le petit va mourir. Lui qui nous a donné la vue, qui a enfermé les obscurités dans les forêts de sapins, qui séchait les rues après l'orage. Il avait, il avait un estomac complaisant, il portait le plus doux climat dans ses os et faisait l'amour avec les clochers.

Le petit est malade, le petit va mourir. Il tient maintenant le monde par un bout et l'oiseau par les plumes que la nuit lui apporte. On lui mettra une grande robe, une robe sur moyen panier, fond d'or, brodée avec de l'or de couleur, une mentonnière avec des glands de bienveillance et des confettis dans les cheveux. Les nuages annoncent qu'il n'en a plus que pour deux heures. A la fenêtre, une aiguille à l'air enregistre les tremblements et les écarts de son agonie. Dans leurs cachettes de dentelle sucrée, les pyramides se font des grandes révérences et les chiens se cachent dans les rébus — les majestés n'aiment pas qu'on les voie pleurer. Et le paratonnerre ? Où est Monseigneur le paratonnerre ?

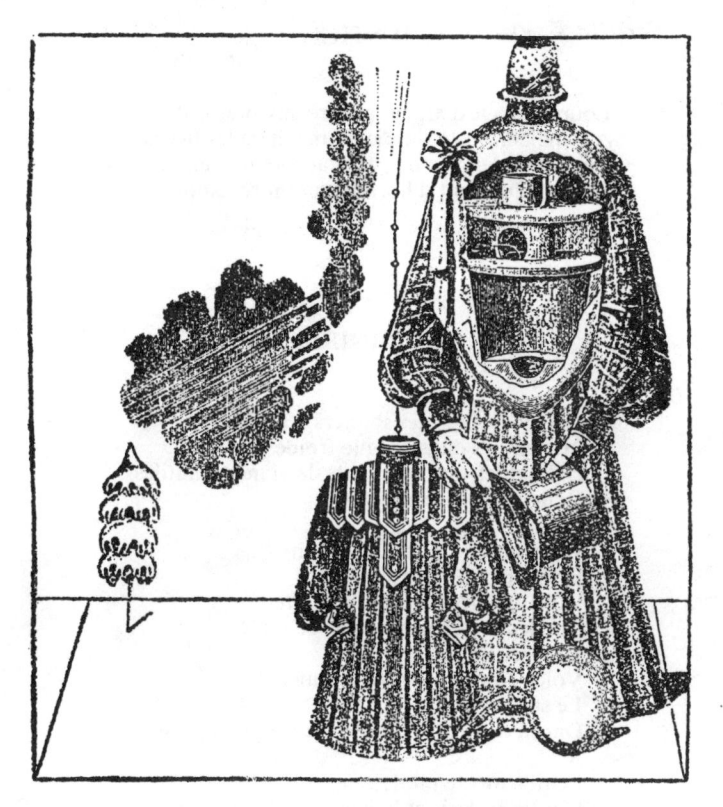

« *Les Malheurs des Immortels* ». Collage de Max Ernst. 1925

Il était bon. Il était doux. Il n'a jamais fouetté le vent, ni écrasé la boue sans nécessité. Il ne s'est jamais enfermé dans une inondation. Il va mourir. Ce n'est donc rien du tout d'être petit ?

JUSTICE

Lourde image d'argent misère aux bras utiles
A l'ancienne à la simple on mangera les fleurs
Ceux qui pleurent de peine auront les yeux crevés
Et ceux qui rient d'horreur seront récompensés.

FINIR

Les pieds dans des souliers d'or fin
Les jambes dans l'argile froide
Debout les murs couverts de viandes inutiles
Debout les bêtes mortes

Voici qu'un tourbillon gluant
Fixe à jamais rides grimaces
Voici que les cercueils enfantent
Que les verres sont pleins de sable
Et vides
Voici que les noyés s'enfoncent
Le sang détruit
Dans l'eau sans fond de leurs espoirs passés

Feuille morte molle rancœur
Contre le désir et la joie

Le repos a trouvé son maître
Sur des lits de pierre et d'épines

La charrue des mots est rouillée
Aucun sillon d'amour n'aborde plus la chair
Un lugubre travail est jeté en pâture
A la misère dévorante

A bas les murs couverts des armes émouvantes
Qui voyaient clair dans l'homme
Des hommes noircissent de honte
D'autres célèbrent leur ordure
Les yeux les meilleurs s'abandonnent

Même les chiens sont malheureux.

(Le Livre ouvert.)

BLASON DES FLEURS ET DES FRUITS

A Jean Paulhan.

A mi-chemin du fruit tendu
Que l'aube entoure de chair jeune
Abandonnée
De lumière indéfinie
La fleur ouvre ses portes d'or

Pomme pleine de frondaisons
Perle morte au temps du désir

Rose pareille au parricide
Descend de la toile du fond
Et tout en flammes s'évapore

Groseille de mendicité
Dahlia moulin foyer du vent
Quetsche taillée dans une valse
Tulipe meurtrie par la lune

Alise veuve de caresses
Colchique veilleuse nacrée
Nèfle castor douce paupière
Pensée immense aux yeux du paon

98

Marguerite l'écho faiblit
Un sourire accueillant s'effeuille

Noué rouillé comme un falot
Et cahotant comme un éclair
Le coing réserve sa saveur

Goyave clou de la paresse
Muguet l'orgueil du maître pauvre
Prunelle épiant le front du lynx
Tubéreuse agneau des sentiers

Poire le fer de la folie
Anémone carnier d'hiver
Citron porteur de plâtre et d'encre
Narcisse porteur de nuées

Dans le filet des violettes
La fraise adore le soleil

Raisin grenier des politesses
Tour nue et froide jeu hautain

Glycine robe de fumée
Œillet complice de la rue
Châtaigne une foule pillarde
Brise l'émail des sans remords

Digitale cristal soyeux
Lilas lèvres multipliées
Amarante hache repue
Brugnon exilé jusqu'aux ongles

Myrtille cigale invisible
Clochette de poussière intime

Mûre fuyant entre les ronces
Aster tout saupoudré de guêpes

Orange sur un tableau noir
Muraille de l'enfer du blé

Souci la route est achevée
Cytise les joncs se délassent
Jacinthe la rainette rêve
Nigelle le portail s'abat

Chrysanthème cheval brutal
Sauge bague de mousseline
Figue corail d'un faux tombeau
Pêche colonne de rosée

Pavot traîné par des infirmes
Reflet de fête sans repos

Noisette aux ciseaux enfantins
Détachant le gourmand de l'arbre

Iris aux mains de la marée
Passiflore livrée aux hommes
Clématite jeunesse comble
Chèvrefeuille biche au galop

Zinnia bouclier de douleurs
Manteau de plaies manteau d'erreurs

Ananas prêchant l'avalanche
Bruyère mangeant le renard
Qui refuse une proie facile
Et pour le loup souffle dans l'herbe

A menacer le ciel le lis
Use le tain de son miroir

Le sein courbé vers un baiser
Le jasmin se gonfle de lait

Capucine rideau de sable
Bergamote berceau de miel
Renoncule théâtre blanc
Pamplemousse l'œil de la cible

Banane le parc à refrains
Résonne de chansons nouvelles

Verveine chevalet fragile
Grenade rocher d'allégresse
Ancolie vierge inanimée
Olive paume de faïence

Cassis inscrit au cœur des jungles
Bouchant de son sang noir leurs veines

Seringa masque de l'aveugle
Ecorce de la nuit d'été

Eglantine vin du matin
Sapotille ordonnée ardente
Primevère ivresse d'argile
Mandarine métal d'injures

Datura roi honteux d'avoir
Régné sans dire son secret

Argémone ombre déliée
Abricot gerbe de fortune
Orchidée chaîne de désastres
Amande golfe de tendresse

Lavande bonnet du berger
Tempes fines et boucles blondes

Giroflée boussole endormie
Cerise cuve de candeurs

Sur une bouche négligente

Bien passé l'âge de raison
Le phlox sera un gros village
Le trèfle une poule pondeuse
Le pourpier une empreinte obscure
L'aubépine éclose une fugue

La mangue sera une alliance
La datte une pierre soumise
La mirabelle une alouette
Et la framboise une bouée

Pour le destin de l'immortelle
La fleur faite comme une morte
La piètre fleur de perfection.

*

Fleurs à l'haleine colorée
Fruits sans détours câlins et purs
Fleurs récitantes passionnées
Fruits confidents de la chaleur
J'ai beau vous unir vous mêler
Aux choses que je sais par cœur
Je vous perds le temps est passé
De penser en dehors des murs.

(Le Livre ouvert, II.)

SI TU AIMES

Si tu aimes l'intense nue
Infuse à toutes les images
Son sang d'été
Donne aux rires ses lèvres d'or
Aux larmes ses yeux sans limites
Aux grands élans son poids fuyant

Pour ce que tu veux rapprocher
Allume l'aube dans la source
Tes mains lieuses
Peuvent unir lumière et cendre
Mer et montagne plaine et branches
Mâle et femelle neige et fièvre

Et le nuage le plus vague
La parole la plus banale
L'objet perdu
Force-les à battre des ailes
Rends-les semblables à ton cœur
Fais-leur servir la vie entière.

(Le Livre ouvert, II.)

DIMANCHE APRES-MIDI

S'enlaçaient les domaines voûtés d'une aurore grise dans un pays gris, sans passions, timide.

S'enlaçaient les cieux implacables, les mers interdites, les terres stériles,

S'enlaçaient les galops inlassables de chevaux maigres, les rues où les voitures ne passaient plus, les chiens et les chats mourants,

S'auréolaient de pâleur charmante les femmes, les enfants et les malades aux sens limpides,

S'auréolaient les apparences, les jours sans fin, jours sans lumière, les nuits absurdes,

Nusch et Paul Eluard, avec Man Ray et Valentine Hugo

S'auréolait les apparences, les jours sans fin, jours sans lumière, les nuits absurdes,

S'auréolait l'espoir d'une neige définitive, marquant au front la haine,

S'épaississaient les astres, s'amincissaient les lèvres, s'élargissaient les fronts comme des tables inutiles.

Se courbaient les sommets accessibles, s'adoucissaient les plus fades tourments, se plaisait la nature à ne jouer qu'un rôle,

Se répondaient les muets, s'écoutaient les sourds, se regardaient les aveugles

Dans ces domaines confondus où même les larmes n'avaient plus que des miroirs boueux, dans ce pays éternel qui mêlait les pays futurs, dans ce pays où le soleil allait secouer ses cendres.

(Le Livre ouvert, II.)

LA HALTE DES HEURES

Immenses mots dits doucement
Grand soleil les volets fermés
Un grand navire au fil de l'eau
Ses voiles partageant le vent

Bouche bien faite pour cacher
Une autre bouche et le serment
De ne rien dire qu'à deux voix
Du secret qui raye la nuit

Le seul rêve des innocents
Un seul murmure un seul matin
Et les saisons à l'unisson
Colorant de neige et de feu

Une foule enfin réunie.

(Le Livre ouvert, II.)

LIBERTE

Sur mes cahiers d'écolier
Sur mon pupitre et les arbres
Sur le sable sur la neige
J'écris ton nom

Sur toutes les pages lues
Sur toutes les pages blanches
Pierre sang papier ou cendre
J'écris ton nom

Poème « Liberté » illustré par Fernand Léger

Sur les images dorées
Sur les armes des guerriers
Sur la couronne des rois
J'écris ton nom

Sur la jungle et le désert
Sur les nids sur les genêts
Sur l'écho de mon enfance
J'écris ton nom

Sur les merveilles des nuits
Sur le pain blanc des journées
Sur les saisons fiancées
J'écris ton nom

Sur tous mes chiffons d'azur
Sur l'étang soleil moisi
Sur le lac lune vivante
J'écris ton nom

TON NOM

Liberté

FERNAND LÉGER

Sur les sentiers éveillés
Sur les routes déployées
Sur les places qui débordent
J'écris ton nom

Sur la lampe qui s'allume
Sur la lampe qui s'éteint
Sur mes maisons réunies
J'écris ton nom

Sur le fruit coupé en deux
Du miroir et de ma chambre
Sur mon lit coquille vide
J'écris ton nom

Sur mon chien gourmand et tendre
Sur ses oreilles dressées
Sur sa patte maladroite
J'écris ton nom

Sur le tremplin de ma porte
Sur les objets familiers
Sur le flot du feu béni
J'écris ton nom

Sur toute chair accordée
Sur le front de mes amis
Sur chaque main qui se tend
J'écris ton nom

Sur la vitre des surprises
Sur les lèvres attentives
Bien au-dessus du silence
J'écris ton nom

Sur mes refuges détruits
Sur mes phares écroulés
Sur les murs de mon ennui
J'écris ton nom

Sur l'absence sans désir
Sur la solitude nue
Sur les marches de la mort
J'écris ton nom

Sur la santé revenue
Sur le risque disparu
Sur l'espoir sans souvenirs
J'écris ton nom

Et par le pouvoir d'un mot
Je recommence ma vie
Je suis né pour te connaître
Pour te nommer

Liberté

Sur les champs sur l'horizon
Sur les ailes des oiseaux
Et sur le moulin des ombres
J'écris ton nom

Sur chaque bouffée d'aurore
Sur la mer sur les bateaux
Sur la montagne démente
J'écris ton nom

Sur la mousse des nuages
Sur les sueurs de l'orage
Sur la pluie épaisse et fade
J'écr s ton nom

Sur les formes scintillantes
Sur les cloches des couleurs
Sur la vérité physique
J'écris ton nom

Sur les sentiers éveillés
Sur les routes déployées
Sur les places qui débordent
J'écris ton nom

Sur la lampe qui s'allume
Sur la lampe qui s'éteint
Sur mes maisons réunies
J'écris ton nom

Sur le fruit coupé en deux
Du miroir et de ma chambre
Sur mon lit coquille vide
J'écris ton nom

Sur mon chien gourmand et tendre
Sur ses oreilles dressées
Sur sa patte maladroite
J'écris ton nom

Sur le tremplin de ma porte
Sur les objets familiers
Sur le flot du feu béni
J'écris ton nom

Sur toute chair accordée
Sur le front de mes amis
Sur chaque main qui se tend
J'écris ton nom

Sur la vitre des surprises
Sur les lèvres attentives
Bien au-dessus du silence
J'écris ton nom

Sur mes refuges détruits
Sur mes phares écroulés
Sur les murs de mon ennui
J'écris ton nom

Sur l'absence sans désirs
Sur la solitude nue
Sur les marches de la mort
J'écris ton nom

Sur la santé revenue
Sur le risque disparu
Sur l'espoir sans souvenirs
J'écris ton nom

Et par le pouvoir d'un mot
Je recommence ma vie
Je suis né pour te connaître
Pour te nommer

Liberté.

(Poésie et Vérité 1942.)

COUVRE-FEU

Que voulez-vous la porte était gardée
Que voulez-vous nous étions enfermés
Que voulez-vous la rue était barrée
Que voulez-vous la ville était matée — subdued
Que voulez-vous elle était affamée
Que voulez-vous nous étions désarmés
Que voulez-vous la nuit était tombée
Que voulez-vous nous nous sommes aimés

(Poésie et Vérité 1942.)

Au nom du front parfait profond
Au nom des yeux que je regarde
Et de la bouche que j'embrasse
Pour aujourd'hui et pour toujours

Au nom de l'espoir enterré
Au nom des larmes dans le noir
Au nom des plaintes qui font rire
Au nom des rires qui font peur

Au nom des rires dans la rue
De la douceur qui lie nos mains
Au nom des fruits couvrant les fleurs
Sur une terre belle et bonne

Au nom des hommes en prison
Au nom des femmes déportées
Au nom de tous nos camarades
Martyrisés et massacrés
Pour n'avoir pas accepté l'ombre

Il nous faut drainer la colère
Et faire se lever le fer
Pour préserver l'image haute
Des innocents partout traqués
Et qui partout vont triompher.

(194...)
(Les sept Poèmes d'amour en guerre.)

Guerre 1939-45. Exécution d'un résistant. (Phot. Viollet)

AVIS

La nuit qui précéda sa mort
Fut la plus courte de sa vie
L'idée qu'il existait encore
Lui brûlait le sang aux poignets
Le poids de son corps l'écœurait
Sa force le faisait gémir
C'est tout au fond de cette horreur
Qu'il a commencé à sourire
Il n'avait pas *un* camarade
Mais des millions et des millions
Pour le venger il le savait
Et le jour se leva pour lui.

(1944.)
(*Au Rendez-vous allemand.*)

GABRIEL PERI

Un homme est mort qui n'avait pour défense
Que ses bras ouverts à la vie
Un homme est mort qui n'avait d'autre route
Que celle où l'on hait les fusils
Un homme est mort qui continue la lutte
Contre la mort contre l'oubli

Car tout ce qu'il voulait
Nous le voulions aussi
Nous le voulons aujourd'hui
Que le bonheur soit la lumière
Au fond des yeux au fond du cœur
Et la justice sur la terre

Il y a des mots qui font vivre
Et ce sont des mots innocents
Le mot chaleur le mot confiance
Amour justice et le mot liberté
Le mot enfant et le mot gentillesse
Et certains noms de fleurs et certains noms de fruits
Le mot courage et le mot découvrir
Et le mot frère et le mot camarade
Et certains noms de pays de villages
Et certains noms de femmes et d'amis
Ajoutons-y Péri
Péri est mort pour ce qui nous fait vivre
Tutoyons-le sa poitrine est trouée
Mais grâce à lui nous nous connaissons mieux
Tutoyons-nous son espoir est vivant.

(1944.)
(*Au Rendez-vous allemand.*)

L'AUBE DISSOUT LES MONSTRES

Ils ignoraient
Que la beauté de l'homme est plus grande que l'homme

Ils vivaient pour penser ils pensaient pour se taire
Ils vivaient pour mourir ils étaient inutiles
Ils recouvraient leur innocence dans la mort

Ils avaient mis en ordre
Sous le nom de richesse
Leur misère leur bien-aimée

Ils mâchonnaient des fleurs et des sourires
Ils ne trouvaient de cœurs qu'au bout de leur fusil

Ils ne comprenaient pas les injures des pauvres
Des pauvres sans soucis demain

Des rêves sans soleil les rendaient éternels
Mais pour que le nuage se changeât en boue
Ils descendaient ils ne faisaient plus tête au ciel

Toute leur nuit leur mort leur belle ombre misère
Misère pour les autres

Nous oublierons ces ennemis indifférents

Une foule bientôt
Répétera la claire flamme à voix très douce
La flamme pour nous deux pour nous seuls patience
Pour nous deux en tout lieu le baiser des vivants.

(1944.)
(*Au Rendez-vous allemand.*)

(Phot. Viollet)

A CELLE DONT ILS REVENT

Neuf cent mille prisonniers
Cinq cent mille politiques
Un million de travailleurs

Maîtresse de leur sommeil
Donne-leur des forces d'homme
Le bonheur d'être sur terre
Donne-leur dans l'ombre immense
Les lèvres d'un amour doux
Comme l'oubli des souffrances

Maîtresse de leur sommeil
Fille femme sœur et mère
Aux seins gonflés de baisers
Donne-leur notre pays
Tel qu'ils l'ont toujours chéri
Un pays fou de la vie

Un pays où le vin chante
Où les moissons ont bon cœur
Où les enfants sont malins
Où les vieillards sont plus fins
Qu'arbres à fruits blancs de fleurs
Où l'on peut parler aux femmes

Neuf cent mille prisonniers
Cinq cent mille politiques
Un million de travailleurs

Maîtresse de leur sommeil
Neige noire des nuits blanches
A travers un feu exsangue
Sainte Aube à la canne blanche
Fais-leur voir un chemin neuf
Hors de leur prison de planches

Ils sont payés pour connaître
Les pires forces du mal
Pourtant ils ont tenu bon
Ils sont criblés de vertus
Tout autant que de blessures
Car il faut qu'ils se survivent

Maîtresse de leur repos
Maîtresse de leur éveil
Donne-leur la liberté
Mais garde-nous notre honte
D'avoir pu croire à la honte
Même pour l'anéantir.

SANS TOI

Le soleil des champs croupit
Le soleil des bois s'endort
Le ciel vivant disparaît
Et le soir pèse partout

Les oiseaux n'ont qu'une route
Toute d'immobilité
Entre quelques branches nues
Où vers la fin de la nuit
Viendra la nuit de la fin
L'inhumaine nuit des nuits

Le froid sera froid en terre
Dans la vigne d'en dessous
Une nuit sans insomnie
Sans un souvenir du jour
Une merveille ennemie
Prête à tout et prête à tous
La mort ni simple ni double

Vers la fin de cette nuit
Car nul espoir n'est permis
Car je ne risque plus rien.

REPOS D'ETE

1

Allongé sur le lit le soleil me fait grâce
Je garde encore la tendresse de la nuit

2

Le contact sans fin de la nuit
Dans les îles chaudes du cœur

3

L'enfant la plus inutile
Sans avenir sans mémoire
Très vague et toujours bercée

Elle se tisse un voile de café
Elle soulève un voile de fumée

Rose à finir sous les yeux
Sous l'abat-jour de ses doigts

Rose à finir sous les lèvres
En silence sous les lèvres
Du plus grand plaisir connu

4

Il est trop tard pour un baiser entre les seins
Mais j'ai une blouse fine dit-elle
Petite aile du matin
Que la caresse paralyse

5

Au tonnerre des pavés
Le jour coule dans la rue
Et les femmes se colorent
Et les hommes s'accentuent

Longues places de mes hommes
Perspectives de mes femmes
Tous inspirés tous absents
Tous faisant face au désert

6

Par bonheur le jardin d'ombre
Où je répète moissons
Moissonneurs et moissonneuses
L'ombre forte de leurs cuisses
Comme une bêche assouplit
La terre rase abattue
Terre terre espoir et terre
Pour porter tous les enfants
Moissonneurs et moissonneuses
Sans eau mais lavés de feu

7

Sous les gerbes et les arcs
Fuit une foule de grains
Fuit la flamme et la fraîcheur
Pour un seul épi modèle
Plus fort que le ciel lointain.

POUR UN ANNIVERSAIRE

Je fête l'essentiel je fête ta présence
Rien n'est passé la vie a des feuilles nouvelles
Les plus jeunes ruisseaux sortent dans l'herbe fraîche

Et comme nous aimons la chaleur il fait chaud

Les fruits abusent du soleil les couleurs brûlent
Puis l'automne courtise ardemment l'hiver vierge

L'homme ne mûrit pas il vieillit ses enfants
Ont le temps de vieillir avant qu'il ne soit mort
Et les enfants de ses enfants il les fait rire

Toi première et dernière tu n'as pas vieilli
Et pour illuminer mon amour et ma vie
Tu conserves ton cœur de belle femme nue.

Illustration de Picasso pour
« Les Yeux fertiles »

SEULE

A Gérard Vulliamy.

Tout se résout dit-elle en s'éveillant
Car le sommeil m'a donné à penser
Et ma mémoire est un fruit savoureux
Plus savoureux que le soleil nouveau
Qui doucement éclaire mes draps chauds

Mémoire et même du désert et du silence

Joli désert où la mort est légion
Le cœur parcelle et le temps dispersion
Silence noir où tout se contredit

Elle s'éveille et ses yeux ne sont plus
Ces îles loin à l'horizon du corps
On y pénètre on y chante on y rit
Le jour bâillonne le silence.

LE CHIEN

Dans la tremblante intelligence de la bête dressée
Le bruit d'une trompette comme une baguette
Le bruit de la plus large pièce du trésor
Et le bruit du soleil toujours pour le lendemain
Le bruit entier et seul
Comme un enfant glorieux jeté aux lions
Un enfant nu au ventre pur et purifiant
Jeté aux mâchoires des nuages
A la gueule céleste des lions
Dans la tremblante intelligence de la bête dressée

Dans la tremblante intelligence de son maître
Vacille le silence
Et ce filon d'étoiles tout au fond des branches
Quelque part à vingt ans le gouffre du printemps
Sur le sein de la vierge les armes des vingt ans
La grêle fugitive sur un rire rose et blanc

Et la nuit impérieuse après un grand soir sage
Jeunesse le sang cueille les lilas de l'orage
Comme un crapaud la flamme de la mare
Dans la tremblante intelligence du bon maître

Est-ce pour toi pour moi que je pense l'amour
Mon semblable tes yeux sont sources de lumière
Tu t'ajournes tu t'ensoleilles
Ta tête a la forme d'un cœur
Tu viens de loin vers moi car je suis la contrée
Où tu feras régner ta fraîcheur ta chaleur
La contrée où la bête nous fera confiance
Pour l'amour de la vie
Pour la plus juste vue du monde
Sur cette terre libre où nous nous comprenons.

REVE DU 21 SEPTEMBRE 1943

J'ai rêvé que je marchais vite
Sur les routes du Tyrol
Parfois pour aller plus vite
Je marchais à quatre pattes
Et mes paumes étaient dures
Et de belles paysannes
A la mode de là-bas
Me croisaient me saluaient
D'un geste doux
Et j'arrivai aux prisons

On avait mis des rubans aux fenêtres
Les portes étaient grandes ouvertes
Et les prisons étaient vides
Je pouvais y habiter
Entrer sortir à mon gré
Je pouvais y travailler
Je pouvais y être heureux
En bas dans une écurie
Des chevaux noirs enrubannés
Attendaient mon bon plaisir

Comme de l'eau dans le soleil
Les murs tremblaient
Sur la place les paysannes
Riaient sans savoir pourquoi
C'était la fête de la neige
En plein été parmi les fleurs
Je repartis gonflé d'air pur
Léger rapide sur les routes
J'arrivai aux mêmes prisons
Ensoleillées vides et gaies

Je me suis réveillé surpris
De n'avoir pas rencontré d'homme.

LE MUR

A Sophie Taeuber-Arp.

Impatience violence arbre déraciné
Flèche vent l'oiseau les ailes arrachées

Les ailes arrachées la terre au fond de l'eau
Traîne comme mes mains amoureuses et vagues

La boue au fond de l'eau la vase nuageuse
La substance évidente dont je sortirai

Dont je m'échapperai car j'impose à l'espace
Ce haut mur en tous sens qui compose ma mort

Ce mur fuyant des jours éternels ma demeure.

POESIE ININTERROMPUE

. . . .
Hier c'est la jeunesse hier c'est la promesse

Pour qu'un seul baiser la retienne
Pour que l'entoure le plaisir
Comme un été blanc bleu et blanc
Pour qu'il lui soit règle d'or pur
Pour que sa gorge bouge douce
Sous la chaleur tirant la chair
Vers une caresse infinie
Pour qu'elle soit comme une plaine
Nue et visible de partout
Pour qu'elle soit comme une pluie
Miraculeuse sans nuage
Comme une pluie entre deux feux
Comme une larme entre deux rires
Pour qu'elle soit neige bénie
Sous l'aile tiède d'un oiseau
Lorsque le sang coule plus vite
Dans les veines du vent nouveau
Pour que ses paupières ouvertes
Approfondissent la lumière
Parfum total à son image
Pour que sa bouche et le silence

Nusch Eluard par Picasso

Intelligibles se comprennent
Pour que ses mains posent leur paume
Sur chaque tête qui s'éveille
Pour que les lignes de ses mains
Se continuent dans d'autres mains
Distances à passer le temps

Je fortifierai mon délire

. . . .

(1946.)
(*Poésie ininterrompue.*)

NOTRE MOUVEMENT

Nous vivons dans l'oubli de nos métamorphoses
Le jour est paresseux mais la nuit est active
Un bol d'air à midi la nuit le filtre et l'use
La nuit ne laisse pas de poussière sur nous

Mais cet écho qui roule tout le long du jour
Cet écho hors du temps d'angoisse ou de caresses
Cet enchaînement brut des mondes insipides
Et des mondes sensibles son soleil est double

Sommes-nous près ou loin de notre conscience
Où sont nos bornes nos racines notre but

Le long plaisir pourtant de nos métamorphoses
Squelettes s'animant dans les murs pourrissants
Les rendez-vous donnés aux formes insensées
A la chair ingénieuse aux aveugles voyants

Les rendez-vous donnés par la face au profil
Par la souffrance à la santé par la lumière
A la forêt par la montagne à la vallée
Par la mine à la fleur par la perle au soleil

Nous sommes corps à corps nous sommes terre à terre
Nous naissons de partout nous sommes sans limites

(1946.)
(Le Dur Désir de Durer.)

L'EXTASE

Je suis devant ce paysage féminin
Comme un enfant devant le feu

Souriant vaguement et les larmes aux yeux
Devant ce paysage où tout remue en moi
Où des miroirs s'embuent où des miroirs s'éclairent
Reflétant deux corps nus saison contre saison

J'ai tant de raisons de me perdre
Sur cette terre sans chemins et sous ce ciel sans horizon
Belles raisons que j'ignorais hier
Et que je n'oublierai jamais
Belles clés des regards clés filles d'elles-mêmes
Devant ce paysage où la nature est mienne

Devant le feu le premier feu
Bonne raison maîtresse
Etoile identifiée
Et sur la terre et sous le ciel hors de mon cœur et dans mon cœur
Second bourgeon première feuille verte
Que la mer couvre de ses ailes
Et le soleil au bout de tout venant de nous

Je suis devant ce paysage féminin
Comme une branche dans le feu.

24 novembre 1946.

(1947.)
(Le Temps déborde.)

EN VERTU DE L'AMOUR

J'ai dénoué la chambre où je dors, où je rêve,
Dénoué la campagne et la ville où je passe,
Où je rêve éveillé, où le soleil se lève,
Où, dans mes yeux absents, la lumière s'amasse.

Monde au petit bonheur, sans surface et sans fond,
Aux charmes oubliés sitôt que reconnus,

La naissance et la mort mêlent leur contagion
Dans les plis de la terre et du ciel confondus.

Je n'ai rien séparé mais j'ai doublé mon cœur.
D'aimer, j'ai tout créé : réel, imaginaire,
J'ai donné sa raison, sa forme, sa chaleur
Et son rôle immortel à celle qui m'éclaire.

27 novembre 1946.

(1947.)
(Le Temps déborde.)

Nusch Eluard par Man Ray

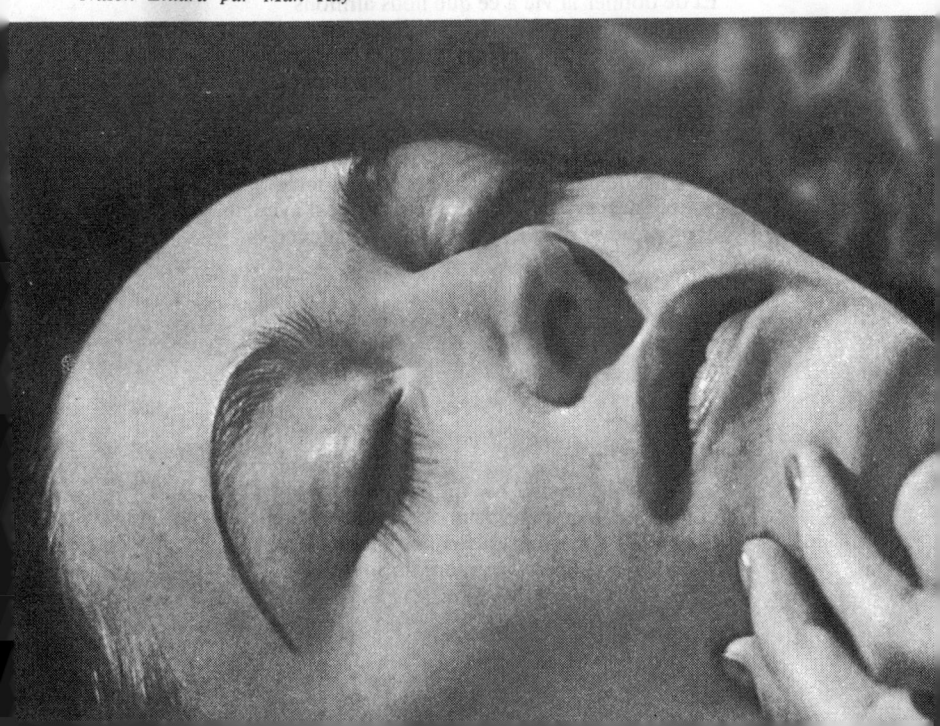

NOTRE VIE

Notre vie tu l'as faite elle est ensevelie
Aurore d'une ville un beau matin de mai
Sur laquelle la terre a refermé son poing
Aurore en moi dix-sept années toujours plus claires
Et la mort entre en moi comme dans un moulin

Notre vie disais-tu si contente de vivre
Et de donner la vie à ce que nous aimions
Mais la mort a rompu l'équilibre du temps
La mort qui vient la mort qui va la mort vécue
La mort visible boit et mange à mes dépens

Morte visible Nusch invisible et plus dure
Que la soif et la faim à mon corps épuisé
Masque de neige sur la terre et sous la terre
Source des larmes dans la nuit masque d'aveugle
Mon passé se dissout je fais place au silence.

(1947.)
(*Le Temps déborde.*)

*

Nous n'irons pas au but un par un mais par deux
Nous connaissant par deux nous nous connaîtrons tous
Nous nous aimerons tous et nos enfants riront
De la légende noire où pleure un solitaire

(1947.)
(*Le Temps déborde.*)

LE CINQUIEME POEME VISIBLE

Je vis dans les images innombrables des saisons
Et des années
Je vis dans les images innombrables de la vie
Dans la dentelle
Des formes des couleurs des gestes des paroles
Dans la beauté surprise
Dans la laideur commune
Dans la clarté fraîche aux pensées chaude aux désirs
Je vis dans la misère et la tristesse et je résiste
Je vis malgré la mort

Je vis dans la rivière atténuée et flamboyante
Sombre et limpide
Rivière d'yeux et de paupières
Dans la forêt sans air dans la prairie béate
Vers une mer au loin nouée au ciel perdu
Je vis dans le désert d'un peuple pétrifié
Dans le fourmillement de l'homme solitaire
Et dans mes frères retrouvés
Je vis en même temps dans la famine et l'abondance
Dans le désarroi du jour et dans l'ordre des ténèbres

Je réponds de la vie je réponds d'aujourd'hui
Et de demain
Sur la limite et l'étendue
Sur le feu et sur la fumée
Sur la raison sur la folie
Malgré la mort malgré la terre moins réelle
Que les images innombrables de la mort
Je suis sur terre et tout est sur terre avec moi
Les étoiles sont dans mes yeux j'enfante les mystères
A la mesure de la terre suffisante

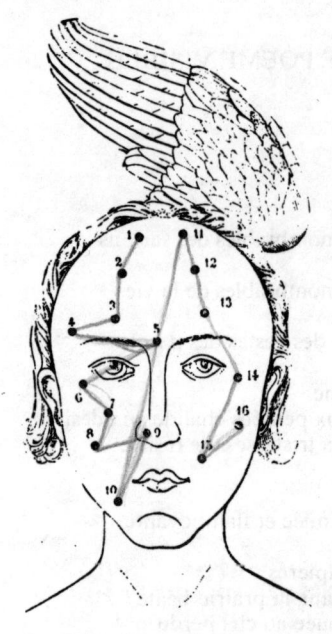

Illustration de Max Ernst pour
« *A l'Intérieur de la Vue* »

La mémoire et l'espoir n'ont pas pour bornes les mystères
Mais de fonder la vie de demain d'aujourd'hui.

(1947.)
(*A l'Intérieur de la Vue.*)

L'A B C DE LA RECITANTE

A Félix Labisse.

Je compte sur mes yeux un et deux dira-t-elle
Pour voir ce que doit voir l'affalée que je suis
Couchée et nue et chaude au pied du haut miroir
Et mouillée comme un nouveau-né je me pourlèche

Je compte sur mes doigts un deux trois dira-t-elle
La multiplication de mes soupirs profonds
Le sac de mes désirs s'entrouvre sur le lit
Et j'ai le plein soleil dedans avec mon rouge

Je compte sur mon sexe et mes fesses pour tendre
Un piège au plus prudent et à la plus prudente
J'ai du goût pour chacun mais je me tiens en moi
Tapie comme l'alcool dans la main d'un ivrogne

Mes aspects sont variés j'ai du poil j'ai des plumes
Et l'écorce d'un arbre augmente ma peau brune
J'ai de la terre au creux de ma faim je me love
Comme un fleuve sans eau où les baigneurs se noient

Mes talents sont nombreux je sais singer la bête
Et m'alléger d'aurore tout comme une alouette
Je sais faire pleurer les plus indifférents
Et rire bêtement ceux qui se croient malins

J'ai des griffes des crocs j'ai des lèvres d'écaille
Et des lèvres de soie et de miel et de glu
Pour enrober l'azur et sa salive fade
Ma langue sur les bords de la chair se dévoue

Je caresse mes fruits débordants de science
Qui donc pourrait régner hors de mon cœur total
Je sais tout et j'apprends à oublier je tresse
Une énorme couronne à mon ventre à mon sang.

(Voir, 1948.)

CHANT DU DERNIER DELAI

Noir c'est mon nom quand je m'éveille
Noir le singe qui me tracasse

Qui grimace moule à manies
Devant le miroir de ma nuit
Noir c'est mon poids de déraison
C'est ma moitié froide pourrie

Noir où la flèche s'est plantée
Où le tison a prospéré
Noir le gentil corps foudroyé
Noir le cœur pur de mon amour
Noire la rage aux cheveux blancs
A la bouche basse et baveuse

Cette envie folle de hurler
Ne cessera qu'avec ma voix
Que sur les charmes de ma tombe
Où viendront pleurer mes complices
Tous ceux qui m'approuvaient d'aimer
Et qui voudraient fêter mon deuil

J'étais construit les mains ensemble
Doublé de deux mains dans les miennes
J'étais construit avec deux yeux
Qui se chargeaient des miens pour voir
Mais aujourd'hui je sens mes os
Se fendre sous le froid parfait

Je sens le monde disparaître
Rien ne demeure de nos rires
Ni de nos nuits ni de nos rêves
Et la rosée est charbonneuse
J'ai trop pleuré la coque est vide
Où nous ne pouvions qu'être deux

Ecartez-vous de ma douleur
Elle vient droit de la poussière
Elle nie tous les sacrifices
La mort n'est jamais vertueuse
Ecartez-vous si vous avez
Envie de vivre sans mourir

Sous vos paupières desséchées
Et dans la boue de vos désirs
Noir un zéro s'arrondirait
Zéro petit et très immense
Qui est capable de gagner
La souveraine part de l'homme

Noir c'est moi seul soyez plus clairs.

(Poèmes politiques, 1948.)

ATHENA

Peuple grec peuple roi peuple désespéré
Tu n'as plus rien à perdre que la liberté
Ton amour de la liberté de la justice
Et l'infini respect que tu as de toi-même

Peuple roi tu n'es pas menacé de mourir
Tu es semblable à ton amour tu es candide
Et ton corps et ton cœur ont faim d'éternité
Peuple roi tu as cru que le pain t'était dû

Et que l'on te donnait honnêtement des armes
Pour sauver ton honneur et rétablir ta loi
Peuple désespéré ne te fie qu'à tes armes
On t'en a fait la charité fais-en l'espoir

Oppose cet espoir à la lumière noire
A la mort sans pardon qui n'a plus pied chez toi
Peuple désespéré mais peuple de héros
Peuple de meurt-de-faim gourmands de leur patrie

Petit et grand à la mesure de ton temps
Peuple grec à jamais maître de tes désirs
La chair et l'idéal de la chair conjugués
Les désirs naturels la liberté le pain

La liberté pareille à la mer au soleil
Le pain pareil aux dieux le pain qui joint les hommes
Le bien réel et lumineux plus fort que tout
Plus fort que la douleur et que nos ennemis.

9 décembre 1944.

DIT DE LA FORCE DE L'AMOUR

Entre tous mes tourments entre la mort et moi
Entre mon désespoir et la raison de vivre
Il y a l'injustice et ce malheur des hommes
Que je ne peux admettre il y a ma colère

Il y a les maquis couleur de sang d'Espagne
Il y a les maquis couleur du ciel de Grèce
Le pain le sang le ciel et le droit à l'espoir
Pour tous les innocents qui haïssent le mal

La lumière toujours est tout près de s'éteindre
La vie toujours s'apprête à devenir fumier
Mais le printemps renaît qui n'en a pas fini
Un bourgeon sort du noir et la chaleur s'installe

Et la chaleur aura raison des égoïstes
Leurs sens atrophiés n'y résisteront pas
J'entends le feu parler en riant de tiédeur
J'entends un homme dire qu'il n'a pas souffert

Toi qui fus de ma chair la conscience sensible
Toi que j'aime à jamais toi qui m'as inventé
Tu ne supportais pas l'oppression ni l'injure
Tu chantais en rêvant le bonheur sur la terre

Tu rêvais d'être libre et je te continue.

13 avril 1947.

LA POESIE DOIT AVOIR POUR BUT
LA VERITE PRATIQUE

A mes amis exigeants.

Si je vous dis que le soleil dans la forêt
Est comme un ventre qui se donne dans un lit
Vous me croyez vous approuvez tous mes désirs

Si je vous dis que le cristal d'un jour de pluie
Sonne toujours dans la paresse de l'amour
Vous me croyez vous allongez le temps d'aimer

Si je vous dis que sur les branches de mon lit
Fait son nid un oiseau qui ne dit jamais oui
Vous me croyez vous partagez mon inquiétude

Si je vous dis que dans le golfe d'une source
Tourne la clé d'un fleuve entrouvrant la verdure
Vous me croyez encore plus vous comprenez

Mais si je chante sans détours ma rue entière
Et mon pays entier comme une rue sans fin
Vous ne me croyez plus vous allez au désert

Car vous marchez sans but sans savoir que les hommes
Ont besoin d'être unis d'espérer de lutter
Pour expliquer le monde et pour le transformer

D'un seul pas de mon cœur je vous entraînerai
Je suis sans forces j'ai vécu je vis encore
Mais je m'étonne de parler pour vous ravir

Quand je voudrais vous libérer pour vous confondre
Aussi bien avec l'algue et le jonc de l'aurore
Qu'avec nos frères qui construisent leur lumière.

O MORT INTERMINABLE

Au mal :

Pacotille de joie vaut le foin de la vie
Tous deux aussi légers que la résignation
Légers comme un sourire morne après les larmes
L'on en reste imprégné d'une fine poussière

Moi j'ai ma peau mes draps ma peine et mon réveil
Mes liens et mon travail mes doutes et ma honte
Alors j'exhausse mort détail devient le tout
A jamais j'ai le temps qui passe à travers tout

Et j'ai la terre épaisse où la racine fonce
Où le jour sombre en avalanche vers mon cœur
Je vois d'en bas d'où le hibou connaît son ombre
Dans le noir de ma nuit qui divise le monde.

Au bien :

Etre unis c'est le bout du monde
Le cœur de l'homme s'agrandit
Le bout du monde se rapproche

Le cœur des peuples bat plus fort
Le cœur des peuples bat la terre
Et la moisson sera parfaite

Notre travail est un défi
Jeté aux maîtres aux frontières
Nous voulons travailler pour nous

Nous prendrons jour malgré la nuit
Nous oublierons nos ennemis
La victoire est éblouissante

Nous avons pénétré le feu
Il faut qu'il nous soit la santé
Nous nous levons comme les blés

Et nous ensemençons l'amour.

(Une Leçon de morale.)

VOLONTE D'Y VOIR CLAIR

Au mal :

Mon discours est obscur parce que je suis seul
Il fait jour
Terriblement
Peut-être pour toujours

Pourtant la porte se referme
Sur un rêve de clarté
Sur le soleil et sur l'herbe
Sur un visage heureux d'être compris
D'être accepté

Pourtant la porte se referme
Sur le bonheur que j'ai voulu que j'ai créé
Et je parle de nuit malgré le jour bruyant
J'oublie le jour rêvé je me couvre de terre

Mon nom est rien
Et tu as pris mon nom en t'unissant à moi
Nuit je parle de mort je ne crois qu'à la terre
Oui tout existera le pire et le meilleur

Mais je n'aurai pas été là.

Au bien :

La totalité du jour pèse dans la vallée
Comme l'éclat de trop de fruits dans une corbeille

Flamme pour flamme jour pour jour
Ici l'on se pense en lumière
Et le ciel sur la terre
C'est la volonté d'y voir clair

Nous ne perdons pas un brin d'herbe de l'espoir
Nous refusons d'être sans rêves tout l'hiver

Pour nous le soleil brille
Nous croyons au printemps il n'est jamais si loin
Que nous ne puissions pas l'atteindre d'un coup d'œil
Il n'y a pas d'aveugles

Rives d'amour pour nous sont rives de justice
Et l'objet de nos mains

Notre rivière a son chemin
Elle est le cœur la gorge et la langue et la voix
Elle va de l'avant sans cesse portant sens
Portant notre désir de lendemains immenses

Par le corps amoureux du bonheur immédiat.

(Une Leçon de morale.)

BONNE JUSTICE

C'est la chaude loi des hommes
Du raisin ils font du vin
Du charbon ils font du feu
Des baisers ils font des hommes

C'est la dure loi des hommes
Se garder intact malgré
Les guerres et la misère
Malgré les dangers de mort

C'est la douce loi des hommes
De changer l'eau en lumière
Le rêve en réalité
Et les ennemis en frères

Une loi vieille et nouvelle
Qui va se perfectionnant
Du fond du cœur de l'enfant
Jusqu'à la raison suprême

(Pouvoir tout dire.)

LA POESIE EST CONTAGIEUSE

Nicaise, Gribouille et Jacques Bonhomme, bien sûr, sont des poètes !

Gongora, Edgar Poe, Mallarmé, bien sûr, sont des poètes !

Mais le drame, où est-il ? sinon chez les poètes qui disent « nous », chez ceux qui luttent, qui se mêlent à leurs semblables, même et surtout s'ils sont amoureux, courageux. La poésie est un combat.

Les véritables poètes n'ont jamais cru que la poésie leur appartînt en propre. Sur les lèvres des hommes, la parole n'a jamais tari ; les mots, les chants, les cris se succèdent sans fin, se croisent, se heurtent, se confondent. L'impulsion de la fonction langage a été portée jusqu'à l'exagération, jusqu'à l'exubérance, jusqu'à l'incohérence. Les mots disent le monde et les mots disent l'homme, ce que l'homme voit et ressent, ce qui existe, ce qui a existé, l'antiquité du temps et le passé et le futur de l'âge et du moment, la volonté, l'involontaire, la crainte et le désir de ce qui n'existe pas, de ce qui va exister. Les mots détruisent, les mots prédisent enchaînés ou sans suite, rien ne sert de les nier. Ils participent tous à l'élaboration de la vérité. Les objets, les faits, les idées qu'ils décrivent peuvent s'éteindre faute de vigueur, on est sûr qu'ils seront aussitôt remplacés par d'autres qu'ils auront accidentellement suscités et qui eux, accompliront leur entière évolution.

Il nous faut peu de mots pour exprimer l'essentiel, il nous faut tous les mots pour le rendre réel. Contradictions, difficultés contribuent à la marche de notre univers. Les hommes ont dévoré un dictionnaire et ce qu'ils nomment existe. L'innommable, la fin de tout ne commence qu'aux frontières de la mort impensable.

(Les Sentiers et les Routes de la Poésie.)

LE RYTHME DE MON CŒUR EST UN RYTHME ETERNEL

Le délire n'assure plus sa publicité, ni par police, ni par guerre, ni par asiles, ni par ces grands discours de l'homme malheureux.

L'homme parle et sait parler. Il dit sa personne physique : ses yeux, sa bouche et ses oreilles, ses yeux pour voir tout le réel utile, sa bouche pour dire que tout est essentiel et fécond et durable, et ses oreilles entendent ce que sa raison lui dit. On ne prêche plus le bonheur à deux sous, le bonheur à milliards, ni l'amour sans avenir. Il n'y a plus de mort morale, mais une morale éternelle. Il n'y a plus d'enfants coupables, laissez-nous rire, de femmes impures, laissez-nous rire, il n'y a plus d'hommes qui ont faim — ce n'est même plus une image.

Le délire n'a plus de réclames lumineuses. La bêtise n'a plus de langue pour s'exprimer. Il n'y a plus de petits Juifs pour brûler dans les crématoires, plus de putains pour faire pitié, plus de soldats pour se faire tuer, plus de canailles pour s'engraisser. Personne n'a besoin de se cacher, personne n'a besoin de mentir, il n'y a plus rien à voler, il n'y a plus rien à renier. Il n'y a plus d'intellectuels, ni de manuels pour s'estimer ou se mépriser, selon que leurs poches sont percées, ou pleines à en déborder. Le passé est un œuf cassé, l'avenir est un œuf couvé. Le présent, c'est mon cœur. Le rythme de mon cœur est un rythme éternel.

(Les Sentiers et les Routes de la Poésie.)

LE PHENIX

> *Le Phénix, c'est le couple — Adam et Eve — qui est et n'est pas le premier.*

Je suis le dernier sur ta route
Le dernier printemps la dernière neige
Le dernier combat pour ne pas mourir

Et nous voici plus bas et plus haut que jamais.

Il y a de tout dans notre bûcher
Des pommes de pin des sarments
Mais aussi des fleurs plus fortes que l'eau

De la boue et de la rosée.

La flamme est sous nos pieds la flamme nous couronne
A nos pieds des insectes des oiseaux des hommes
Vont s'envoler

Ceux qui volent vont se poser.

Le ciel est clair la terre est sombre
Mais la fumée s'en va au ciel
Le ciel a perdu tous ses feux

La flamme est restée sur la terre

La flamme est la nuée du cœur
Et toutes les branches du sang
Elle chante notre air

Elle dissipe la buée de notre hiver.

Nocturne et en horreur a flambé le chagrin
Les cendres ont fleuri en joie et en beauté
Nous tournons toujours le dos au couchant

Tout a la couleur de l'aurore.

(Le Phénix.)

DOMINIQUE AUJOURD'HUI PRESENTE

Toutes les choses au hasard
Tous les mots dits sans y penser
Et qui sont pris comme ils sont dits
Et nul n'y perd et nul n'y gagne

Les sentiments à la dérive
Et l'effort le plus quotidien
Le vague souvenir des songes
L'avenir en butte à demain

Les mots coincés dans un enfer
De roues usées de lignes mortes
Les choses grises et semblables
Les hommes tournant dans le vent

Muscles voyants squelette intime
Et la vapeur des sentiments
Le cœur réglé comme un cercueil
Les espoirs réduits à néant

Tu es venue l'après-midi crevait la terre
Et la terre et les hommes ont changé de sens
Et je me suis trouvé réglé comme un aimant
Réglé comme une vigne

A l'infini notre chemin le but des autres
Des abeilles volaient futures de leur miel
Et j'ai multiplié mes désirs de lumière
Pour en comprendre la raison

Tu es venue j'étais très triste j'ai dit oui
C'est à partir de toi que j'ai dit oui au monde
Petite fille je t'aimais comme un garçon
Ne peut aimer que son enfance

Avec la force d'un passé très loin très pur
Avec le feu d'une chanson sans fausse note
La pierre intacte et le courant furtif du sang
Dans la gorge et les lèvres

Tu es venue le vœu de vivre avait un corps
Il creusait la nuit lourde il caressait les ombres
Pour dissoudre leur boue et fondre leurs glaçons
Comme un œil qui voit clair

*Illustration de
Valentine Hugo
pour « Le Phénix ».
Ed. G.L.M.*

L'herbe fine figeait le vol des hirondelles
Et l'automne pesait dans le sac des ténèbres
Tu es venue les rives libéraient le fleuve
Pour le mener jusqu'à la mer

Tu es venue plus haute au fond de ma douleur
Que l'arbre séparé de la forêt sans air
Et le cri du chagrin du doute s'est brisé
Devant le jour de notre amour

Gloire l'ombre et la honte ont cédé au soleil
Le poids s'est allégé le fardeau s'est fait rire
Gloire le souterrain est devenu sommet
La misère s'est effacée

La place d'habitude où je m'abêtissais
Le couloir sans réveil l'impasse et la fatigue
Se sont mis à briller d'un feu battant des mains
L'éternité s'est dépliée.

O toi mon agitée et ma calme pensée
Mon silence sonore et mon écho secret
Mon aveugle voyante et ma vue dépassée
Je n'ai plus eu que ta présence

Tu m'as couvert de ta confiance.

(Le Phénix.)

PRINTEMPS

Il y a sur la plage quelques flaques d'eau
Il y a dans les bois des arbres fous d'oiseaux
La neige fond dans la montagne
Les branches des pommiers brillent de tant de fleurs
Que le pâle soleil recule

C'est par un soir d'hiver dans un monde très dur
Que je vis ce printemps près de toi l'innocente
Il n'y a pas de nuit pour nous
Rien de ce qui périt n'a de prise sur toi
Et tu ne veux pas avoir froid

Notre printemps est un printemps qui a raison.

(Le Phénix.)

ET UN SOURIRE

La nuit n'est jamais complète
Il y a toujours puisque je le dis
Puisque je l'affirme
Au bout du chagrin une fenêtre ouverte

Une fenêtre éclairée
Il y a toujours un rêve qui veille
Désir à combler faim à satisfaire
Un cœur généreux
Une main tenue une main ouverte
Des yeux attentifs
Une vie la vie à se partager.

(Le Phénix.)

NOUS DEUX

Nous deux nous tenant par la main
Nous nous croyons partout chez nous
Sous l'arbre doux sous le ciel noir
Sous tous les toits au coin du feu
Dans la rue vide en plein soleil
Dans les yeux vagues de la foule
Auprès des sages et des fous
Parmi les enfants et les grands
L'amour n'a rien de mystérieux
Nous sommes l'évidence même
Les amoureux se croient chez nous.

(Le Phénix.)

LA MORT, L'AMOUR, LA VIE

J'ai cru pouvoir briser la profondeur l'immensité
Par mon chagrin tout nu sans contact sans écho
Je me suis étendu dans ma prison aux portes vierges
Comme un mort raisonnable qui a su mourir
Un mort non couronné sinon de son néant
Je me suis étendu sur les vagues absurdes

Du poison absorbé par amour de la cendre
La solitude m'a semblé plus vive que le sang

Je voulais désunir la vie
Je voulais partager la mort avec la mort
Rendre mon cœur au vide et le vide à la vie
Tout effacer qu'il n'y ait rien ni vitre ni buée
Ni rien devant ni rien derrière rien entier
J'avais éliminé le glaçon des mains jointes
J'avais éliminé l'hivernale ossature
Du vœu de vivre qui s'annule

Tu es venue le feu s'est alors ranimé
L'ombre a cédé le froid d'en bas s'est étoilé
Et la terre s'est recouverte
De ta chair claire et je me suis senti léger
Tu es venue la solitude était vaincue
J'avais un guide sur la terre je savais
Me diriger, je me savais démesuré
J'avançais je gagnais de l'espace et du temps

J'allais vers toi j'allais sans fin vers la lumière
La vie avait un corps l'espoir tendait sa voile
Le sommeil ruisselait de rêves et la nuit
Promettait à l'aurore des regards confiants
Les rayons de tes bras entrouvraient le brouillard
Ta bouche était mouillée des premières rosées
Le repos ébloui remplaçait la fatigue
Et j'adorais l'amour comme à mes premiers jours.

Les champs sont labourés les usines rayonnent
Et le blé fait son nid dans une houle énorme
La moisson la vendange ont des témoins sans nombre
Rien n'est simple ni singulier
La mer est dans les yeux du ciel ou de la nuit
La forêt donne aux arbres la sécurité
Et les murs des maisons ont une peau commune
Et les routes toujours se croisent

Illustration de Valentine Hugo pour « Le Phénix ». Ed. G.L.M.

Les hommes sont faits pour s'entendre
Pour se comprendre pour s'aimer
Ont des enfants qui deviendront pères des hommes
Ont des enfants sans feu ni lieu
Qui réinventeront les hommes
Et la nature et leur patrie
Celle de tous les hommes
Celle de tous les temps.

(*Le Phénix.*)

POSTFACE
par
JEAN MARCENAC

PAUL ELUARD *est mort, d'une angine de poitrine, le mardi 18 novembre 1952, à neuf heures du matin, dans l'appartement en lisière du bois de Vincennes où il vivait avec sa femme, Dominique.*

Ce petit livre, qui a tant fait, avec le Choix de Poèmes *paru chez Gallimard, pour donner à sa gloire des racines sans nombre, on pouvait espérer que longtemps encore, au cours des rééditions, il s'augmenterait de poèmes, s'élargirait de gloses et d'études. Nous l'imaginions, loin dans le temps, sans cesse enrichi, perfectionné, mais toujours, comme chaque œuvre d'Eluard, terminé par ces lignes de points en qui se figurait non la vague, mais la confiante exigence de notre attente. Au vrai, cela fait si longtemps que nous le savions immortel que nous avions presque oublié de quel prix terrestre il faudrait un jour payer cette impérissable durée...*

Ce jour est venu : quelques poèmes inédits peut-être, un livre achevé et à paraître, Poésie ininterrompue, II, *la suite de l'*Anthologie des écrits sur l'art, *et ce sera tout. Celui qui voulait « tout dire » aura épuisé les pouvoirs de sa voix mortelle. Il soutiendra désormais de sa seule éternité les temps à venir, et nourrira d'un chant au présent perpétuel la future parole des hommes.*

Au terme de ces pages, j'aurai donc le désespérant honneur d'écrire le mot : fin. Sans doute devrais-je trembler d'avoir à le faire, à quinze jours de sa mort, et si malheureux, l'esprit encore si plein de chagrin et si humilié par les larmes, que je me sens bien en deçà, devant son œuvre, de cette vertu de clarté qui était à ses yeux le premier devoir de l'amitié et de l'amour.

Je sais pourtant que ce qui constitue l'essentiel de ces quelques pages, Les progrès de l'Espérance, *avait son approbation. Il avait demandé à Pierre Seghers de l'ajouter aux études du regretté Louis*

Parrot, qui ouvrent ce livre. Aussi, et quelle que soit l'insatisfaction où me laisse ce texte à le relire, je dois d'abord à sa mémoire, comme à son vœu, de le reproduire, tel il parut en avril 1950 dans la revue Europe, *où il accompagnait des poèmes qui ont pris place dans* Le Phénix.

LES PROGRES DE L'ESPERANCE

J'imagine assez bien Robinson, aux premiers jours de son naufrage, quand il divise d'un trait vertical une feuille de papier ramenée du navire et, comme le doit et l'avoir de sa destinée, en établit le bilan sous deux colonnes, l'une *au bien* et l'autre *au mal*. Ah ! comme la part de l'ombre était mince dans l'île, et supportable le malheur ! Ce ne sont que pleurs d'enfant, qui a peur tout seul, et cris de perroquet. « Poor Robinson ! » allons ! cet oiseau parle sans savoir : l'éblouissante et perpétuelle lumière de la Providence, la vie sauvegardée, et des outils, des armes, la Bible, que voulez-vous de plus ? Cette vie-là sera comme une autre, pauvre vie, je le sais bien, de fatigue et de labeur et de solitude, mais qu'espérer de mieux ? Elle est telle en tout cas qu'elle va servir d'exemple, fonder la pédagogie de Rousseau et fournir au siècle à la fois son mythe majeur de l'individualisme et sa maxime morale : « Aide-toi, le ciel t'aidera ! » Au milieu des belles vignettes aux couleurs de l'exotisme, en voici d'autres, plus simples, d'un usage moins gratuit et plus général, qui proposent comme son image idéale à l'homme de ces temps : Robinson courbé, la bêche à la main dans son champ, Robinson poussant la scie ou le rabot dans son atelier, Robinson enfin agenouillé dans sa cabane. Travailler et prier dans l'île comme à Londres... Pour l'espérance, si vous la voulez plus laïque, comptez sur la multiplication du grain de blé, que reprendra Jules Verne, dans *L'Ile mystérieuse*. Cela modernise la multiplication des pains et annonce aussi, deux siècles à l'avance, la parole de Guizot : « Enrichissez-vous ! » « Poor Robinson ! », comme cet oiseau m'impatiente ! Car Defoe a mis Robinson sous cloche, mais c'est pour nous le mieux montrer, non point pour lentement l'asphyxier. Il ne le prive en rien de ce qui fait sa morale et son univers.

Les hommes qui manquent au solitaire, c'est une compagnie, et non une part de lui-même. Plus tard, Vendredi, un esclave, va suffire à les lui rendre. Le monde de l'île, c'est toujours le monde et pour Robinson rien n'est changé : l'air qu'il respire seul, c'est encore l'air de tous.

★

Celui dont je veux parler avait fait un tout autre rêve. Trente livres, depuis trente ans, sont là pour nous enseigner, avec la monotonie fervente du génie, que ce que Paul Eluard annonce, c'est la fin de la solitude, l'apparition d'un homme pour qui le mot et le fait de la solitude n'auront plus de sens. Et dix chemins ont pu être pris, apparemment, dans cette œuvre, mais qu'il avance en éclaireur ou qu'il semble hésiter, qu'il parle des arbres, des bêtes ou des hommes, que soit en cause la beauté ou la révolte, c'est toujours vers la communion que le portent les pas du poète. Non point le côte à côte, quelque compagnonnage d'étrangers habituels, levant chaque soir leur verre à la même table, dans une fête de famille à la Pickwick, mais cette bouleversante fraternité, cette identité qu'annonce Rimbaud quand il s'écrie : « *Je est un autre* », la disponibilité de l'homme à tout moment, à tout instant, devant tous les hommes, pour tous les hommes.

Abandonnez dans l'île celui dont le cœur est ainsi fait et cette fois alors que le cri retentisse. Oui, cette fois : « Poor Robinson ! » Car ni les armes, ni les outils, ni la vie sauve n'ont d'importance. Celui qui demeure sur la plage, pareil à ce misérable « marron » que les pirates de jadis jetaient sur le rivage avec une gourde d'eau, un pistolet et une charge de poudre, ce dont il est privé désormais, c'est de la vie même. Il est hors du monde, dans un vide plus vide que l'espace entre les astres, car le seul air dont il pouvait vivre lui manque, cet air fait du souffle impur et pur de tous les hommes.

★

On sait que telle fut l'aventure d'Eluard. Les circonstances du naufrage sont communes. Depuis toujours le malheur en demeure à ses recettes éprouvées. Et la poésie se nourrit, depuis toujours aussi, de l'identique procès-verbal de la catastrophe. « Une dame, que j'appellerai Aurelia, était perdue pour moi... », dit Nerval. Ou bien c'est Elvire : « Un seul être vous manque et tout est dépeuplé », etc. Celle qui mourut ce jour-là, le 28 novembre 1946 se nommait Nusch. Elle était pour Eluard comme le pont flexible et sûr par lequel il allait vers les hommes. En perdant Nusch, Eluard ne perdait pas que son amour, il perdait le monde et l'espérance même que cet amour lui avait appris à mettre dans le monde. Cette « foule enfin réunie » dans laquelle il se noyait et se retrouvait, autre et nouveau, c'est Nusch qui la lui avait donnée, aux heures désespérées et admirables où furent écrits *Les sept poèmes d'amour en guerre* :

> *Et parce que nous nous aimons*
> *Nous voulons libérer les autres*
> *De leur solitude glacée*
>
> *Nous voulons et je dis je veux*
> *Je dis tu veux et nous voulons*
> *Que la lumière perpétue*
> *Des couples brillants de vertu*
> *Des couples cuirassés d'audace*
> *Parce que leurs yeux se font face*
>
> *Et qu'ils ont leur but dans la vie des autres*

Mais Nusch était morte. Et celui qui avait cimenté avec l'amour les pierres du monde, restait seul, attendant que l'édifice s'écroule.

28 Novembre 1946

Nous ne vieillirons pas ensemble.
Voici le jour
En ~~supplément : d'horreur~~
~~trop~~ : le temps déborde.

153

Je me souviens de ces heures. Et je veux, même si cela aujourd'hui encore ne trouve pas une compréhension à sa mesure, même si devant ce que j'indique ici on crie sottement à l'inhumanité, à la cruauté, dire que je les ai vécues, par-delà la tristesse, la tendresse et la pitié, avec une curiosité de vivisecteur. Après tout, depuis cinquante ans, les meilleurs hommes de ce temps sont engagés dans une guerre contre le monde tel qu'il est ; et les soldats de ce combat, les « horribles travailleurs » dont parle Rimbaud, doivent bien se résoudre à ne pas constamment paraître mener en dentelles le combat spirituel. Je laisse l'élégance et la pudeur à d'autres. Nous avons mieux à faire. Les gens de mon âge, lorsqu'ils n'ont pas mal tourné, ou renoncé, ont reçu comme un legs un étrange projet, qui est de « changer la vie », la formule est encore de Rimbaud. Et l'on sait que pour toute une part, celle que je crois la plus simple, ils connaissent aujourd'hui que ce projet ne peut s'accomplir que par l'effort révolutionnaire du prolétariat.

Ils savent aussi que bien des impatiences ne sont plus de saison. La raison a réglé leur compte à ceux qui rêvaient de baguette magique. Il n'y aura pas de mutations brusques de l'âme, c'est entendu. Il faudra d'abord que le monde soit juste, clair et fraternel pour que l'homme, à son tour, le devienne. Mais dans cette tentative même pour transformer l'univers, l'homme se modifie, à la mesure de son combat. Qu'on relise, d'Aragon, *L'Homme communiste* ; qu'on relise ou qu'on lise au moins, par-dessus tout, *Les Lettres de Fusillés,* et l'on verra que devant la vie, devant l'amour et la mort, nous n'avons déjà plus la même âme. Des signes apparaissent un peu partout, qui arrachent l'homme aux vieilles puissances qu'on affirmait fatales, pour inscrire sa vie et son avenir dans un ciel fait par lui, le soumettre à la détermination d'un zodiaque de liberté et rattacher son destin aux seules étoiles qu'il se donne.

Cela d'ailleurs n'est point si neuf. « L'amour est à réinventer », dit toujours Rimbaud. Car il est vrai qu'il fut déjà inventé, et plusieurs fois ; et qu'il ne s'agit pas du même amour dans *Le Banquet* et les romans courtois ; et que, du « ni moi sans vous, ni vous sans moi » de *Tristan et Yseult*, à cette lettre que Georges Citerne, fusillé, adresse à sa femme le 7 mars 1944 : « C'est qu'il n'y a pas que nous et notre amour au monde ; il y a toute une vie qui peut faire heureux ou malheureux nous et les autres et c'est pour ce bonheur-là, plus grand que le nôtre mais le contenant, que je suis parti », eh bien ! il y a quelque chose qu'il faut nommer *le progrès dans l'amour* et comme une étape nouvelle de l'âme dans l'approfondissement de ses pouvoirs.

Au temps dont je parle, je regardais Eluard, le dos tourné à l'avenir et prêt à renoncer, prêt à se laisser vaincre, comme si toute la passion des hommes n'avait servi à rien et qu'il faille, devant la mort, en revenir à l'odieuse sagesse de l'Ecclésiaste.

Toute une vie dévouée à l'amour aboutirait-elle donc là ? Tant de génie, de douleur, de patience ardente employée à perfectionner l'amour ne donneraient-ils donc, contre le mal et la mort, que des armes de parade ? Allions-nous une fois de plus en demeurer au dérisoire « vous allez voir ce que vous allez voir ! » de la poésie, et regarder le héros, au pied du mur, s'effondrer comme le vieil homme, au lieu de prendre le visage du nouvel Adam ? Le Tintoret peignant sa fille morte, ou bien, chez Poe, le *Colloque entre Monos et Una,* c'est donc là qu'il en fallait revenir ? Et à Pascal : « On jette un peu de terre sur la tête... » ? Alors, on n'avait pas exagéré ? C'était donc vrai, à jamais vrai : « On vous ferme la bouche avec une poignée de terre... » ? Et si cet homme-là s'était tu, je suis de ceux qui auraient cru la parole inutile et considéré la poésie, ainsi que certains nous y convient, comme un passe-temps de l'importance du jeu de quilles. Je ne dis pas que j'aurais renoncé à l'espérance. Mais du moins aurais-je laissé cette espérance-là.

*

Mais voici que peu à peu l'abandonné secouait sa stupeur. Mal d'abord. Et comme un blessé irrécupérable s'intéresse encore au combat. C'est le poème terminal, dans *Le Temps déborde,* qui n'espère plus la victoire pour soi, mais la veut, la souhaite et l'annonce pour les autres :

> *Nous n'irons pas au but un par un mais par deux*
> *Nous connaissant par deux nous nous connaîtrons tous*
> *Nous nous aimerons tous et nos enfants riront*
> *De la légende noire où pleure un solitaire.*

Puis viendront les *Poèmes politiques.* Grand livre à coup sûr, livre rassurant, dont la plupart n'ont lu que les poèmes, ou voulu comprendre que les poèmes, parce qu'à les lire, derrière la Grèce, le Congrès de Strasbourg, le souci de Pablo Neruda, les ruines de Varsovie, le Premier Mai, ils croyaient à l'oubli, au temps qui arrange, comme on dit, les choses : « Il travaille de nouveau ; il a repris sa besogne de poète ; ça va mieux... » On voit les pauvretés qui peuvent se dire, et qui se sont dites.

Pour les éviter, il suffisait de lire le long texte, prose et vers mêlés, qui inaugure le livre, faisant suite à cette parfaite préface qu'Aragon a écrite, n'ayant sans doute en tête que les poèmes, mais sachant, lui, que les choses en question ne s'arrangent pas aussi facilement qu'on a coutume de dire, en revenant des enterrements.

Dans ce texte, *De l'horizon d'un homme à l'horizon de tous*, qui est sans doute parmi les plus hautes pages de morale qui existent au monde, il n'était question ni d'oublier, ni de « se tuer au travail », ni des façons plus ou moins spectaculaires ou satisfaisantes d'abandonner la bataille. Il était question de la reprendre : il s'agissait, purement et simplement, de la tentative inouïe de retrouver dans l'amour les armes pour rendre à la vie ce que la mort lui avait pris.

Orphée si vous voulez ; mais Orphée lucide, qui fait avec nos yeux dessillés d'aujourd'hui le terrible chemin, sachant que Dieu est mort, que la résurrection de la chair est un mythe enfantin et que sa route sera celle du souvenir, jamais de la présence. Orphée connaissant d'avance qu'il part pour revenir seul et que nul pouvoir n'existe par quoi « le spectre négatif deviendrait un spectre vivant ». Orphée parti non point pour ramener Eurydice, mais pour expérimenter ce qui demeure et s'il demeure rien de cette force que lui donnait Eurydice.

Mais une autre image me tente... La plage dans l'île et Robinson en loques, avec devant lui, à quelques encablures, le navire éventré sur les récifs. Et dans le bateau fracassé, les épaves du naufrage, tout ce que les hommes laborieux, inventifs, tenaces, de leur génie et de leur travail ont su créer. Ainsi, sur le vaisseau de l'amour, Eluard va revenir pour s'emparer des épaves de son naufrage d'Argonaute.

Certes, je sais que des épaves sont des épaves, souillées de sel, souillées de vase. Même l'or est terni par la mer et la mort. Pourtant, « ses premières amours renaissaient, jetant un voile de chair passée sur la ruine définitive »... « Et par l'entremise des sens, peu à peu renaissait la solidarité... » « De quoi se mêlaient donc les faiseurs de morale ? Un homme était rendu à ses semblables, un frère légitime. »

*

Qu'on ne s'y trompe pas. C'est cette renaissance, cette remontée vraie des enfers qui donne leur poids, leur force aux *Poèmes politiques*. Supprimez-la et vous n'aurez plus qu'un homme qui parle par habitude, par complaisance ; ou par divertissement ; un homme qui chante pour s'oublier et se perdre et dont le chant nous oublie et nous perd : ne peuvent être des sauveurs que ceux qui sont eux-mêmes sauvés. Je ne sais plus quelle crapule écrivait un jour — je crois que c'est dans *Le Canard enchaîné*, un des plus bas lieux de l'esprit — qu'Eluard était allé en Grèce comme Byron, mais pas pour y mourir, lui. Trop contents seriez-vous, en effet, mes bonshommes ! Comme tout serait à votre gré, si une fois pour toutes, à côtés des éclatantes raisons de la liberté, dont s'illumine l'explosion sur les remparts de Missolonghi, vous pouviez avancer les obscures, les sempiternelles raisons du destin personnel ; et si la mort des poètes pouvait vous servir à prouver que la face sombre de l'homme reste, à jamais, tournée vers la nuit. J'entends d'ici les cris que vous auriez poussés ! Parce que vous savez bien quelle victoire serait pour vous la mort d'un grand poète communiste et sa défaite devant le malheur. Comme vous savez quelle victoire est pour nous sa vie. Et parce que vous devinez que les raisons de cette victoire, il les faut chercher dans ce qui vous effraye le plus, ce pas en avant que l'homme fait dans la conscience de soi-même.

Car, si nous ouvrons maintenant le dernier livre de Paul Eluard, *Une leçon de morale*, nous voyons bien que pour toute une part, l'espérance lui est rendue, sans doute, par ce monde autour de lui, puisque pour tous les autres, c'est déjà que :

Jour après jour malheur fait place à l'aube.

Et le soir de Grèce recule devant le soleil de Chine, devant cette victoire des peuples que les poètes veulent indissociable de la leur. Et tout ce que nous voudrons ici, des dockers en lutte contre la guerre à la moindre victoire ouvrière dans une usine inconnue ; de la plus petite augmentation de salaires à cette nouvelle, qui passe en grandeur tout ce qui se peut rêver et nous apprend qu'en U.R.S.S. on envisage de ne plus vendre le pain, mais de le donner.

Mais nous voyons aussi qu'Eluard, pour le progrès de l'espérance, ne s'en est pas remis seulement à l'histoire et à ceux qui la font. C'est en lui-même qu'il a frappé l'ennemi, redoublant dans son propre cœur le combat qui se mène dans le monde entre le bien et le mal.

Cela, depuis cent ans bientôt, c'est la bataille propre des poètes. Et c'est dans la mesure où ils la mènent qu'on peut avoir confiance dans la vérité et la force du chant dont ils accompagnent la bataille des hommes, la vie et la mort.

*

Aussi, autant qu'à tous les peuples du monde, dont l'espérance est la chair de cette espérance, faut-il devant ce livre penser à un homme qui est comme le symbole et le ferment dialectique de cette lutte des poètes d'aujourd'hui contre l'adversaire qu'ils portent en eux, et qu'ils sont les seuls à pouvoir combattre : j'ai nommé Lautréamont.

Lui aussi avait touché le fond. Non point par une aventure personnelle dont nous ne savons à peu près rien. Mais cet enfant de vingt ans, s'enfermant nuit et jour pendant deux ans dans sa chambre, en tête à tête avec les puissances les plus éprouvées du mal et du désespoir, que lui léguait la littérature qui l'avait précédé, après avoir paru, avec *Les Chants de Maldoror,* suivre docilement le chemin que lui montraient les démons, trouva le moyen, en quelques jours, avant de disparaître, de leur signifier, avec les *Poésies,* un congé définitif. Brisant la solidarité qui unissait jusqu'à lui la beauté et le malheur, il en fut sans doute brisé à son tour, ne nous transmettant point une œuvre, mais l'injonction de remettre au bien ce qui jusqu'alors était au mal, et de réagir enfin « contre ce qui nous choque et nous courbe si souverainement ».

Cette injonction, Eluard, dans toute son œuvre l'a suivie. Un jour, je l'ai dit, l'heure vint pour lui de lui obéir « dans les pires conditions ». Et de défendre la beauté, la vérité, la réalité du monde non point contre des fantômes littéraires, non plus contre Manfred et Rolla, ou Byron et Pascal, mais contre une mort qui ressemblait à la sienne. Il lui fallait faire la preuve que la beauté selon le mot de Lautréamont « n'appartient pas à la mort ». Et non pas seulement la « beauté littéraire » dont parle l'auteur des *Poésies,* mais cette beauté qui est la nôtre aujourd'hui et dont nous avons su faire une arme.

Une leçon de morale est le récit de cette tentative et le procès-verbal de sa réussite. Au mal, monotonement, désespérément au mal, il y a le vide du monde pour celui qui est seul. Au bien, il y a tout ce que l'amour lui a donné et que la mort n'a pu emporter :

> *Celle que j'aime incarne mon désir de vivre*
> *Je l'ai prise au présent elle reste au présent*
> *Elle est mon intention de vivre sans regret*
> *De vivre sans souffrir de vivre sans mourir*
> *Il n'y a qu'une vie c'est donc qu'elle est parfaite.*

Vous avez bien lu ce dernier vers. Il donne la mesure du pas de géant que l'homme a fait depuis que Rimbaud écrivait : « Il n'y a pas d'autre vie, car on n'en peut imaginer de plus atroce que celle-ci. » Nous sommes à la charnière, au tranchant même de l'âme, à la ligne de séparation des eaux de l'optimisme : « Je dure pour me perfectionner », écrit Eluard en préface à *Une Leçon de morale*...

« Même si je n'avais eu, dans toute ma vie, qu'un seul moment d'espoir, j'aurais livré ce combat. Même si je dois le perdre. Car d'autres le gagneront.

« Tous les autres. »

*

On voit quelle est la portée de ce livre. Il est, en poésie et en morale, un des triomphes les plus décisifs de l'esprit de dialectique. Il est la preuve que la nature naturante est à l'œuvre jusque dans nos âmes et que l'homme n'est pas donné une fois pour toutes. Eluard avance ici sur un chemin où nous attendent des découvertes insoupçonnables. Nous sommes sur ce qui n'est encore qu'un sentier, à peine débroussaillé de tous les buissons du passé et de la nuit. Loin derrière nous pourtant déjà, comme d'un compagnon dépassé, s'entend la voix d'Apollinaire :

> *Profondeurs de la conscience*
> *On vous explorera un jour*
> *L'âge vient on étudiera*
> *Tout ce que c'est que de souffrir*
> *Ce ne sera pas du courage*
> *Ni même du renoncement*
> *Ni tout ce que nous pouvons faire*
> *On cherchera dans l'homme même*
> *Beaucoup plus qu'on n'y a cherché.*

Dominique et Paul Eluard

Tout près, à côté, j'écoute une voix humble, maladroite et précise pourtant comme le balbutiement de la grandeur future. C'est Maurice Lacazette qui dit à sa femme, avant d'être fusillé par les Allemands : « Adieu, sois heureuse, et plus tard, quand tu seras guérie de ta peine, je te souhaite de trouver un bon prolo digne de toi. C'est dur de te dire cela, parce que je suis jaloux, même devant la mort, mais pourtant tu mérites tant d'être heureuse que je te le souhaite de tout cœur. »

Et je vois Nusch qui sourit, qui sourit à Dominique, « Dominique aujourd'hui présente », comme devait sourire Maurice Lacazette, le 21 août 1943 ; comme sauront un jour sourire les morts, quand ils auront, vivants, noué avec les vivants de tels liens qu'ils auront le droit d'en attendre :

Pas plus la solitude que l'oubli.

Avril 1950.

SANS CESSE
LE CULTE ET L'INVENTION DU FEU

L'avenir, un très proche avenir, qui donnera, sans faille et sans hiatus, à l'œuvre d'Eluard une attention qui continuera la nôtre, j'y vois déjà au travail des chercheurs patients, usant, pour mettre au jour son grand secret, de tous les secrets, de toutes les ruses de leur savoir. J'imagine celui, reprenant ce travail qu'esquisse Eluard avec le poème *Quelques-uns des mots qui, jusqu'ici, m'étaient mystérieusement interdits...* qui va, ainsi, établir le vocabulaire éluardien, comme il dira sans doute, en soutenant sa thèse en Sorbonne. Et quelque dérisoire, au fond, que soit la statistique, pour qui sait bien qu'on ne connaît vraiment jamais que par cœur, je l'envie pourtant, ce jeune homme qui aura le temps, tournant les pages, comptant les vers, d'établir la place exacte, le rang, que tient chez Eluard le mot : feu

> *Je fis un feu, l'azur m'ayant abandonné.*

Entre ce vers, presque un des premiers d'Eluard, en 1918, dans *Pour vivre ici* et les derniers, ceux d'hier dans *Le Phénix,* avant que cesse le chant avec l'haleine de qui chantait :

> *Les hommes sont faits pour s'entendre*
> *Pour se comprendre pour s'aimer*
> *Ont des enfants qui deviendront pères des hommes*
> *Ont des enfants sans feu ni lieu*
> *Qui réinventeront le feu*
> *Qui réinventeront les hommes,*

s'inscrit une œuvre qui n'est si prenante et poignante que parce qu'elle touche en nous à l'essentiel, l'élémentaire, le primordial. Ils m'amuseraient, si j'avais le cœur à rire, ceux qui vont essayer de tirer maintenant Eluard vers l'obscur, parler de Novalis, croire, ou nous faire croire, qu'il a jamais cherché des trésors dans la nuit. Allons donc ! il était comme nous tous, il avait peur de la nuit. Il lui disait non. Il luttait contre elle, contre cet abandon de l'azur à quoi nul ne se résigne. Contre l'ombre, la misère, le froid, l'absence, la mort, il a fait un feu, et ce feu porte le nom de l'amour.

Il faudrait une longue étude pour suivre, au cours du temps, le poète dans ce culte, dans cette invention sans cesse renaissante du feu et de l'amour.

O feu grandissant, qui est déjà la lumière de demain ! Le voilà, pauvre braise encore, feu du foyer de ceux qui n'ont un cœur que pour eux deux, que pour eux seuls, dans ces *Poèmes pour la Paix* qu'écrit un jeune homme de vingt ans, en 1918 :

*Toutes les femmes heureuses ont
Retrouvé leur mari — il revient du soleil
Tant il apporte de chaleur
Il rit et dit bonjour tout doucement
Avant d'embrasser sa merveille...*

Un homme heureux de son bonheur prend par le bras celle qu'il aime. Ensemble, ils vont danser parmi d'autres couples joyeux, au bal de l'Armistice... Et même si déjà vous reconnaissez ici l'accent du génie, n'en demandez pas davantage. Ce n'est qu'un humble feu encore, allumé parmi d'autres, mêlant sa flamme à d'autres, mais brûlant de son seul bonheur

L'abandon l'éteindra. Ou presque. On était deux, bien seuls au monde. Lui, reste seul. Il ne demeure que la nuit et le chagrin alentour. Sait-il même encore, cet homme qui pleure, qu'il a écrit ceci, qui est le feu vivant et qui le sauvera :

> *Injustice impossible un seul être est au monde*
> *L'amour choisit l'amour sans changer de visage ?*

Non. Comme il ne sait pas qu'il va écrire :

> *Et j'oppose à l'amour*
> *Des images toutes faites*
> *Au lieu d'images à faire.*

Il ne sait pas qu'il va rencontrer Nusch, et qu'au lieu de la statue démente dont il rêvait, au lieu de l'amour fou, ce qu'ils vont ensemble dresser, c'est la grande image d'ardente raison, parlante image dont les mots à travers *La Rose publique*, *Les Yeux fertiles*, *Le Livre ouvert*, *Au Rendez-vous allemand*, *Poésie Ininterrompue*, vont préciser, perfectionner, illuminer cette vérité :

> *Que l'amour est semblable à la faim à la soif*
> *Mais qu'il n'est jamais rassasié*
> *Il a beau prendre corps il sort de la maison*
> *Il sort du paysage*
> *L'horizon fait son lit.*

J'ai dit déjà ce qui en fut. Et comment, au long d'une épreuve et d'une passion sans nom fut sauvegardée cette immortelle victoire. C'est d'elle que témoigne *Le Phénix*.

En nulle autre de ses œuvres comme en ce livre, Paul Eluard n'atteint à la totale, l'irréfutable autorité du génie. Ici il a tout dit ; et un poème comme *La Mort l'Amour la Vie* s'inscrit au petit nombre des chefs-d'œuvre de la poésie éternelle.

Il ramasse toute l'histoire d'un homme dans sa durée. Fait de gouttes de sang, de pleurs, de joie, de l'amour pour Dominique, de l'ancienne ombre impartageable, de la neuve lumière avec tous partagée, il est le cœur même d'Eluard. Il a toute la nécessité d'une destinée. Il est la réponse définitive à ceux qui voudraient choisir, trier dans Eluard et qui déjà, avec leurs dents de chiens, essayent d'arracher à cette œuvre quelque morceau pour satisfaire à la fois leur goût de la poésie et leur crainte des hommes en marche. Car il a fallu tout Eluard pour écrire ce poème : Eluard communiste, l'humble, le grand Eluard qui parle comme ses frères et nourrit sa force de leur force, et cette irremplaçable force, cette sainte faiblesse qui fait la force de son génie, cette façon d'être un homme qu'avait le seul Paul Eluard.

Dans un avenir que déjà nous n'atteignons plus par l'espoir, mais de la main ; dans ces jours dont rien ne nous sépare plus que quelques hommes chancelants, pierres d'un mur que disjoint le bélier des peuples, ce livre irradie sa lumière. Il est la preuve poétique, donc la preuve expérimentale, que l'homme ira plus loin que ce qui, en lui, est déjà le plus respectable et le meilleur.

Je pense à cette étrange utopie de Wells, *Le Passage de la Comète*, dans laquelle le mal disparaît sur la terre balayée par la nappe de gaz qu'entraîne à sa suite un astre errant. Les hommes s'endorment un instant, puis se relèvent : tout a changé. Ce sont les temps de la bonté, de la raison, de la fraternité. Et celui qui raconte l'histoire, interrogeant un des hommes heureux qui vivent désormais sur terre, et dont l'existence a commencé par la solitude, le désespoir d'amour, la pauvreté, la guerre, lui demande s'il a « un foyer ».

Mais laissons parler Wells :

« Il étendit la main et, sans le moindre bruit, la fenêtre s'élargit et s'abaissa devant nous : la splendide perspective d'une cité de rêve s'étendit sous mes yeux. Pendant un moment de lucide clarté, je la contemplai : ses galeries, ses places spacieuses, ses arbres aux fruits dorés, ses eaux cristallines, ses musiques et ses réjouissances, l'amour et la beauté se déroulant par ses rues entrelacées et variées... C'étaient les mêmes gens que l'on voit sur terre, mais ils étaient changés. Comment exprimerai-je ce changement ? Comme une femme est changée aux yeux de son amant, comme une femme est changée par l'amour d'un amant. Ils étaient exaltés...

Debout aussi, à côté de lui, j'admirai le spectacle...

— Le voilà, notre foyer, — dit-il, avec un sourire, fixant sur moi ses yeux pensifs. »

Ce sourire, ce regard, je l'ai vu à Eluard, bien souvent. Un jour, entre autres, où je lui rapportais ce mot d'un ami commun, disant qu'il faut faire de sa vie un chef-d'œuvre. Et la sienne était un chef-d'œuvre, pathétique et grave, tendre et joyeux, et si fier. Et Dominique était assise près de lui, et le malheur n'avait pas prise...

« Non, m'a-t-il répondu. C'est de la vie des autres qu'il faut faire un chef-d'œuvre. »

TANT DE PAS FAITS POUR NOUS, AVEC NOUS, COMME NOUS

C'est à cela qu'il s'est employé, à ce devoir de bonté qu'il s'est voué, dans son œuvre, dans la constante leçon de morale qu'est son œuvre — et dans sa vie. La désolante antinomie du rêve et de l'action, toute la mauvaise foi, tous les mensonges du monde n'arriveront pas à cacher qu'il l'avait résolue.

Avec la clairvoyance du génie, il avait établi par son œuvre que le bonheur, premier devoir de l'homme, suprême devoir, ne peut être l'affaire de l'homme seul. *Avec la clairvoyance du génie,* dans les pires conditions — malgré le malheur, malgré la mort, malgré les fous, malgré les monstres, malgré les guerres et pour les combattre mieux — il avait donné à cet instinct du bonheur, à ce cri, irréfutable en lui et vérifié dans les autres, l'ampleur d'une prophétie, la précision d'une science. *Avec la clairvoyance du génie,* il était allé au communisme, pour couronner par lui sa poésie et son génie, leur donner leur conclusion nécessaire, leur efficace plénitude, parce que le communisme est cette science du bonheur.

Communiste, regarde donc ! Il faut avoir de bien mauvais yeux, ou des yeux de faux témoin, pour ne pas voir qu'il l'est *toujours,* dans les poèmes les plus précis, les plus indiscutables d'*Hommages,* par exemple, les plus dévoués à la circonstance, comme dans les plus larges, les moins anecdotiques, ceux où s'exprime seulement une morale, mais qui est celle de l'homme communiste.

Et parce que le communisme était son rêve en action, il sut, selon le mot de Lénine, « se comporter sérieusement avec son rêve ». On a dit son héroïsme dans les tâches minutieuses de la Résistance. Il les accomplissait sans romantisme, les trouvait naturelles, comme les gestes d'un métier, parce qu'elles étaient pour lui non point le prolongement, mais l'étoffe même de son métier de poète, et qu'il ne faisait aucune distinction entre un poème et un acte. Il n'y a point chez lui d'un côté la poésie et de l'autre des « actes et paroles » : il y a un même élan, continué d'un seul tenant. Et si on lui cherche des semblables ici, c'est à Maïakovski qu'il faut penser, à Neruda, et à Aragon.

Dans les conditions qui sont celles de la lutte en France, avec les moyens qui, dans ce domaine, étaient les siens, il fut un militant admirable, dans la bataille pour la Paix et l'indépendance nationale. Président du Comité France-Espagne, animateur du Comité France-Grèce, il fut avant tout ce qu'il pouvait le mieux être, par le prestige de son œuvre : un mainteneur des relations culturelles. Et rien, ni le deuil, ni la fatigue, ne put se dresser entre lui et ce devoir.

Il va en Belgique, en Grande-Bretagne, en Suisse, en Tchécoslovaquie, en Italie, en Grèce, en Yougoslavie (1946), en Bulgarie, en Albanie, en Pologne, en Hongrie, en Roumanie, au Mexique, en U.R.S.S. Il est délégué pour la France au Congrès de Wroclaw pour la Paix.

En 1946, par une série de conférences dans toute l'Italie, il participe, aux côtés du peuple italien, à la campagne pour la République. De là, il se rend à Athènes et à Salonique pour apporter aux combattants de l'indépendance grecque le salut et la solidarité du peuple français. En 1949, il retournera d'ailleurs en Grèce, avec Yves Farge, au mont Grammos et au Visti, auprès des combattants de l'armée démocratique. En 1949, il est délégué des combattants de l'armée démocratique. En 1949, il est délégué, par le Comité mondial de la Paix, au Congrès de Mexico pour la Paix. En 1950, il est délégué, par l'Association France-U.R.S.S., pour les fêtes du Premier Mai à Moscou. En 1952, il représente le peuple français à Moscou pour les fêtes anniversaires de Gogol et de Victor Hugo. Et les meetings. Et les réunions de cellule. Et les messages, comme si la conscience humaine s'était faite lumière. Et qu'il n'y ait pas eu dans le monde, comme dit Aragon, « un déni de justice, un homme ou une femme enfermé, martyrisé pour avoir voulu la vie plus belle, les hommes libres et le triomphe de la Paix, sans que Paul Eluard ait élevé sa voix chantante et forte comme la clarté. »

Je dis ces choses simplement, comme il les fit, non les ajoutant à sa vie, mais en faisant sa vie même. Je les dis, parce qu'elles font, elles aussi, partie de son œuvre.

Paul Eluard et Picasso à Wroclaw. Congrès de la Paix, 1948 (Phot. M. Chamudes)

PAUL ELUARD, SAVANT POUR TOUS

Le rôle du génie n'est pas que de créer. Il est aussi d'être un intercesseur, ou, pour parler plus simplement, un intermédiaire. Il met les hommes en rapport avec le trésor caché, ou qu'on leur cache, le trésor bafoué qui est pourtant leur bien propre et leur héritage. Face au monde dont la vie aliénée nous sépare, face au passé dont l'ignorance imposée nous retranche, il aide à voir, il *donne à voir*. Il nous appelle sur le versant de la lumière, de la raison, de la connaissance. En tout temps, il est du temps de la Renaissance, et le génie, par nature *humaniste*, comme un luth suspendu s'émeut, pour nous en émouvoir, de ce qui est autour de nous comme de ce qui demeure, dans ce qui fut avant nous.

L'humanisme de Paul Eluard, ce souci de trouver, dans le livre du monde et le monde des livres, ce qui est graine et germe fécond, date de loin dans son œuvre. C'est avec *Donner à voir* qu'il a commencé à prendre corps sous une forme systématique. Cet ouvrage, qui rassemble des œuvres diverses, parues çà et là en plaquettes, propose, sous le titre *Premières vues anciennes,* une cinquantaine de pages, faites de citations d'auteurs divers reliées entre elles parfois par un bref commentaire, parfois par le seul intérêt qu'a pris le poète à leur lecture. Mais qui verrait là un recueil dont le triste plaisir de l'érudition suffit à rendre compte serait loin de comprendre. Une épigraphe de Gœthe en donne le vrai sens : « Quelques choses qui s'offrent à toi dans mille volumes, écrit Gœthe, comme fable ou comme vérité, tout cela n'est qu'une tour de Babel, si l'amour ne le relie pas. »

*

A l'élargissement et l'approfondissement, à la clairvoyance grandissante de cet amour répond l'ampleur croissante de cet humanisme.

Celui qui, dans *Donner à voir,* est encore, parfois, savant pour soi seul, et n'éclaire que son chemin singulier, à mesure que se multiplieront les ouvrages anthologiques, renouvelés de ces *fleurs, spicilèges,* ou *trésors* dont abonde la littérature des siècles passés, voilà qu'il devient savant pour nous, savant pour tous. Certes, c'est avec une suprême modestie qu'il avance ici. L'apparent orgueil d'un titre comme : *Le meilleur choix de poèmes est celui que l'on fait pour soi,* ne doit pas nous cacher qu'Eluard entend dire au contraire par là : « Voilà ce que j'aime », et non : « Voilà ce qu'il faut aimer. » Il se trouve cependant, parce que le génie n'est jamais anachronique ni bizarre, parce qu'il se traduit toujours par un accord profond avec les meilleurs hommes de son temps, que ce choix de poèmes portant sur un siècle, de 1818 à 1918, est vraiment le *meilleur,* c'est-à-dire le plus objectif.

Cette objectivité n'est point celle d'une morne érudition. Elle est celle de la vie et de l'histoire. Eluard a retenu ce qui dure, ce qui passe en nous, ce qui demeure agissant, efficace. On le verra mieux encore avec les deux tomes de la *Première anthologie vivante de la Poésie du Passé,* œuvre monumentale, digne dans les détails des spécialistes les plus avertis, et dont l'orientation se fonde sur une interprétation de l'histoire d'une saisissante rigueur.

C'est qu'à vrai dire, on ne peut juger du passé comme d'une période close et figée. « La vérité est rétrospective », dit Nietzsche, et c'est la poésie d'aujourd'hui, avec ses efforts, son progrès, sa conscience à chaque pas plus précis du but qu'elle poursuit qui éclaire et réveille la poésie du passé, la belle endormie : « Les lumières lointaines qui nous atteignent, dit admirablement Eluard dans la Préface, ont la même force que celles que nous voulons projeter sur l'avenir. »

Nous, dit-il. Aussi est-il vrai que la présence d'Eluard dans ce livre n'est pas celle de ses goûts, de ses recherches particulières, de ses expériences. Elle est celle de ses besoins, et des besoins de toute la poésie française. Cet amour, qui faisait le lien entre les citations, est devenu d'une tout autre force que ne voulait sans doute dire Gœthe. C'est le vaste amour de tous pour leur bien commun, pour l'héritage poétique national, l'amour lucide qui découvre ses raisons d'aimer des poètes dont le chant soutient de ses prestiges le pauvre et splendide langage des hommes : bonheur, patrie, amour, paix...

C'est cette identité encore entre le langage commun et celui de la poésie qu'Eluard s'attachera à mettre en lumière dans le dernier livre publié par lui, *Les sentiers et les routes de la Poésie,* réunissant cinq émissions radiophoniques : *La poésie est contagieuse, Invraisemblance et Hyperboles, Les prestiges de l'amour, L'Enfance maîtresse* et *Le Boniment fantastique.* Développant et étoffant, par de nouveaux textes, la thèse esquissée il y a dix ans dans *Poésie involontaire et poésie intentionnelle,* qui est chez lui fondamentale, Eluard montre que la poésie vient de partout, accourt des quatre coins de l'horizon.

Il découvre et souligne. Il dit : « Prenons, car là est le trésor des hommes : *La poésie est dans la vie.* »

Non point une poésie particulière. Il n'existe pas de cas d'espèce en poésie. Ce que nous trouvons dans le rêve des hommes, dans leur vœu permanent de bonheur, de justice ; cette espérance consubstantielle à « une imagination sans limites » ; ce dépassement de l'égoïsme humain par l'amour ; cette liberté de faire, cette façon qui n'est qu'aux enfants de croire à ce qu'ils font ; cette force profonde que projette dans ce qu'il dit l'homme qui parle comme si tout était possible ; tout cela n'est pas un aspect de la poésie. C'est toute la poésie. Il n'est point de poésie naïve, comme la peinture du même nom. Ou du moins, c'est par rapport à cette poésie naïve, à cette poésie de tous qu'on juge les maîtres. Un mot d'enfant, une chanson de paysans, la lettre d'un amant à la femme qu'il aime, le cri de la liberté et de la révolte, l'exclusive passion d'un homme pour ce qui est à ses yeux la merveille, voilà, en fin de compte, la garantie, la caution du chant des poètes. La poésie subjective s'établit sur la poésie objective, la poésie personnelle sur l'impersonnelle, la poésie faite par un sur la poésie faite par tous. Le travail des poètes n'est pas vain, il se fonde sur la réalité de la poésie, et le poète est vraiment *un homme comme tous les autres*. Et là est un des fondements les plus assurés du *réalisme* en poésie.

A ce souci de ne pas laisser la poésie ou l'art s'établir comme un empire dans un empire, mais de montrer que leur nature est d'être à hauteur d'homme, répond la publication des anthologies sur l'art.

Avec *Voir*, reproductions de tableaux et de dessins accompagnés, commentés par des poèmes, Paul Eluard marquait, avant tout, ce que *lui* devait à des peintres ; et comment *le travail du peintre* — c'est le titre du poème sur Picasso — est une aide à son travail de poète.

> Dans ce haut lieu qu'est l'œuvre de Picasso, j'ai voulu partager les intarissables plaisirs qu'elle me donne, j'ai voulu prouver, dans les termes et dans les formes, la confiance que l'homme fait à l'homme.

« *A Pablo Picasso* », Ed. des Trois Collines, 1944

Plus large, animée de ce mouvement amplifiant qui se révèle dans les anthologies de textes poétiques, *L'Anthologie des écrits sur l'Art* marque en quoi le travail du peintre peut aider au travail de l'homme.

« *L'auteur,* indique Eluard dans l'Avant-Propos, *s'est attaché à rassembler les textes qui, à son sens, affirmaient le mieux les liens que la vue et l'art créent entre le monde et l'homme, entre l'homme et la société.* »

Et, dans la Préface, ceci : *Dans ce premier volume en particulier, j'ai surtout voulu faire parler les artistes et les écrivains qui ont porté leur art sur terre et qui se sont vraiment crus des hommes, dépendant des hommes et à leur service, leur rendant généreusement ce qu'ils en reçoivent. Qu'ils aient, consciemment ou non, voulu servir, par les chemins divergents de la foi, du rêve ou de la raison, tous, ici, s'inscrivent en faux contre le mensonge de l'art pour l'art, contre l'aberration de l'inutile glorifié. Peut-être ne s'est-elle pas présentée à tous l'interrogation à laquelle Victor Hugo répond (et sa réponse est valable pour l'art en général) :* « *Le beau n'est pas dégradé pour avoir servi à la liberté et à l'amélioration des multitudes humaines. Un peuple affranchi n'est pas une mauvaise fin de strophe. Non, l'utilité patriotique ou révolutionnaire n'ôte rien à la poésie.* » *Mais encore une fois j'avoue* — *et je ne crois pas avoir outrepassé mes droits* — *que mon but a été, en les groupant, d'augmenter cet immense trésor de forces vives et de possibilités où tous les hommes doivent pouvoir puiser. Bien fou qui oserait s'en fâcher !*

Tel est ce livre, né de mille livres, de mille pensées choisies par une grande pensée, fait de l'immense culture d'Eluard : en lui, comme en ceux qui devaient suivre, nous devions puiser non les vaines lueurs du savoir pour le savoir, mais cette vivante lumière qu'un grand humaniste éveillait ou réveillait pour nous, pour éclairer notre aujourd'hui...

NUL NE PLEURAIT POUR SOI

Paul Eluard préparait le deuxième tome de l'*Anthologie d'écrits sur l'Art,* lorsque la mort est entrée, éparpillant les pages. Aussi, dans ce livre consacré à son œuvre pourrais-je ici m'arrêter, suspendant la plume au-dessus d'un de ces dessins haut-allemands où l'on peut voir l'humaniste penché sur les livres, et la Mort derrière, prête à l'interrompre dans son œuvre et mettre un point final à la conquête du savoir.

Pourtant, avec cette mort-là, si la mort pensait avoir gagné la partie, comme d'habitude, comme toujours, comme avant, elle se trompait. Dans ces jours de novembre où nous veillions le corps d'Eluard, dans le clair-obscur du passage de la vie à l'immortalité, au fil des heures et des larmes, nous l'avons compris ; et c'était la dernière leçon que nous donnait la vie d'Eluard, la première leçon que nous recevions de son immortalité.

Certes les gens pleuraient...

Mais qu'importe comment a pleuré celui-ci, ou celui-là, quels furent ses mots, ou ses gestes. Nous pleurions tous du même cœur. Tous, nous cherchions une épaule pour pleurer. Ce que veut dire le mot frère, avions-nous donc besoin de ce jour, pour le savoir ?

Et Paul Eluard mort faisait en nous son chemin. Et sa mort marchait dans Paris et la France et le monde, posant la main sur l'épaule, à l'un devant un poste de radio, à l'autre qui ouvrait son journal. Elle tendait un télégramme à Néruda, dans sa maison, au bord du Pacifique froid, au plein du printemps chilien. Elle entrait dans le bureau d'Ehrenbourg à Moscou. Elle guettait Nazim Hikmet, auprès d'un kiosque de journaux. A Cuba, elle posait son doigt sur le cœur de Nicolas Guillen, à Naples sur celui de Gabriela Mistral, à Berlin sur celui de Bertolt Brecht. Elle mettait le même masque sur des visages célèbres ou ignorés, au bout du monde ou dans notre rue. Et elle allait ainsi de l'un à l'autre, disant : « Je suis la mort d'Eluard. » Et un inconnu de Copenhague, pour se défendre contre cette mort, écrivait à Aragon, qu'il ne connaît pas. Et un autre réveillait ses amis dans la nuit. Un autre téléphonait à celle qu'il aime. Et le poète vénézuélien Carlos Augusto Leon dressait contre cette mort un poème en français. Et un autre ne savait que pleurer les vieilles larmes humaines.

Puis on a placé Paul Eluard dans une chapelle ardente, on a ouvert les portes et la foule est entrée. Et nous avons su que cette fois, ce n'était pas la fin de tout, mais le début d'une histoire plus tellement longue, qui ne se passe pas encore des larmes, mais qui déjà les dépasse.

Certes, les gens pleuraient et c'étaient toutes sortes de larmes. Mais c'était bien la même peine fraternelle. Et nul ne pleurait pour soi, pour un mot impartageable, pour quelque secret qu'il eût eu avec le poète. Sans doute venaient-ils souvent un par un, conduits là par le souvenir de quelque poème, quelque vers, un mot inoubliable, quelque enchan-

Chirico. Rue. Détail (Coll. Viollet)

tement qu'ils imaginaient singulier, et parce que c'est ainsi qu'on va vers les poètes, solitaire dans son émotion, sa pudeur. Mais devant les autres, la douleur des autres, ils savaient soudain qu'ils ne portaient pas leur deuil seulement, mais partageaient celui de tous ceux qui étaient là. Et celui qui était venu seul repartait avec un autre, et un autre et un autre. J'imagine quelles amitiés ont pu se nouer, quelles solitudes se dénouer. Et des hommes qui se connaissaient à peine, qui pensaient parfois se détester, se tendaient les bras...

C'est peut-être à cette heure-là qu'à Villefranche-de-Rouergue, dans l'Aveyron, se déroulait ce dialogue, que nous rapporte une lettre en ces jours reçue. Un homme apprenait à une jeune femme que les élèves du collège se proposaient d'écrire à Dominique Eluard :

« Ils devraient écrire à chacun, dit-elle.

« — A chacun ? Je ne comprends pas.

« — Oui, à chacun de nous, il nous manque à tous. »

Et ce fut ainsi le miracle d'une douleur qui devenait joie sévère et douce, et qui contenait et couronnait le miracle de cette poésie qui parle à chacun, mais des autres, de tous, et ne lui donne que des frères.

Celui qui, depuis toujours, avait fait sienne la parole du jeune homme génial qui disait : « La poésie personnelle a fait son temps », nous avons ainsi vu sa victoire, aux premiers jours de son immortalité, dans tous ceux-là, étudiants, ouvriers, femmes, jeunes filles, qui venaient vers lui comme vers ses poèmes, et comme l'avenir ira vers son chant, non pour s'aimer soi-même, mais pour aimer ; non pour être seul, mieux seul, mais pour être avec les autres, « une foule enfin réunie ». Nous avons vu l'aube de sa victoire et de la nôtre, dans cette nuit où nous étions là, fragments brisés, dispersés, mais prêts à se rejoindre, de la sphère d'amour que la haine a rompue. Dans cette nuit où il exigeait, du fond de son silence :

> *Que l'homme délivré de son passé absurde*
> *Dresse devant son frère un visage semblable*
> *Et donne à la raison des ailes vagabondes.*

Ceux qui ne haïssent rien autant que l'amour sur la terre, ceux que fait trembler le sourire de confiance d'un homme à un autre, ceux dont l'empire s'établit sur la solitude, ceux qui espèrent que c'en est fini avec Eluard et qu'il est seul dans son tombeau, savaient cela. Ils ont tout fait pour empêcher que le poète soit pleuré, accompagné par tous ceux qui l'aimaient, tous ceux qu'unissait son chant.

Mais Paris l'a suivi, Paris a comblé sa tombe d'œillets rouges. Sous les fleurs, il attend, pour revenir parmi nous, au cœur d'un défilé triomphal, où nous porterons son deuil éclatant. Il est là, profondément enfoui dans notre terre comme la graine du soleil et de la liberté. Il sait mieux que nous, toujours, ce qui sera. Ecoutez :

> *Parias la mort la terre et la hideur*
> *De nos ennemis ont la couleur*
> *Monotone de notre nuit*
>
> *Nous en aurons raison.*

Assiette. Texte d'Eluard
Dessin de Picasso.

LA POESIE DOIT AVOIR POUR BUT
LA VERITE PRATIQUE

Mais voici qu'il me faut conclure, et à la fin parler de cet homme merveilleux, qui fut mon ami et mon maître, comme si tout était réglé avec le deuil et l'absence ; comme si, à chaque instant, un visage fraternel, une rue, une idée, un livre, ne dressaient pas devant mes yeux son image poignante. Ne plus dire : « Paul... », mais déjà essayer de discerner ce que la claire postérité entendra avec le nom d'Eluard.

Qu'est-ce donc qui nous manque avec lui, comme la terre sous le pas, pour que nous en restions si désolés ?

La mort d'un poète, allons donc ! Même les plus aimés, les plus vénérés n'ont point laissé pareil vide. On se consolait par de belles phrases : « Combien faudra-t-il à la nature pour refaire un cerveau pareil ? », et la littérature, la poésie, dans la mesure même où elle est de la littérature, suivaient l'enterrement, puis continuaient la route.

C'est qu'en vérité, l'image d'Eluard n'est pas réductible seulement à celle du poète traditionnel. Ce dont il demeure le miroir, c'est de la poésie sous sa forme la plus haute, dans ses ambitions majeures. Ce qu'il incarne, ce n'est point l'art de faire des vers, mais celui de créer le monde. Ce n'est point seulement un artiste que nous regrettons : c'est un de ceux qui témoignaient de notre force démiurgique, de notre raison en acte.

Je vois bien ce qu'a perdu le monde avec Ronsard, avec Baudelaire, avec Mallarmé : des intercesseurs entre l'homme et la beauté. Avec Paul Eluard, ce qui n'est plus, ce que nous éprouvons si cruellement nous faire défaut, c'est cela sans doute, mais aussi, plus loin, plus profondément, un homme qui guida les autres jusqu'au plus secret, au plus illuminant de leur pouvoir. Ceux qui l'aimaient ne furent pas simplement ses élèves dans le métier de faire des vers : il leur enseigna le métier d'homme, il leur apprit que l'homme est le prophète de l'homme. Ils furent vraiment ses disciples, avec ce que ce mot comporte d'engagement total, et il n'en est pas un parmi eux qui ne reprendrait, pour parler d'Eluard, les dernières paroles de Phédon sur Socrate : « Un homme dont nous pouvons bien dire, qu'entre tous ceux de son temps qu'il nous fut donné de connaître, il fut le meilleur, et en outre le plus sage et le plus juste. »

Pour ma part, voici ce que je disais de lui, un jour de 1947, où nous étions quelques amis rassemblés, pour lui rendre un hommage dont on pouvait craindre, alors, qu'il eût à sonner comme un chant funèbre :

Je pourrais parler d'Eluard comme de l'homme chez qui est le plus sensible la présence physique, irréfutable, de la poésie, l'or pur au creux du poème, tel nous le cherchons depuis les *Illuminations*.

Abandonnant cette chasse à l'araignée de la haie, l'araignée de la haie qui « ne mange que des violettes », dit Rimbaud, ne pourrais-je aussi proposer Eluard comme l'homme chez qui la critique de la poésie atteint son point majeur ? Eluard qui a dit, envoyant promener toutes les raisons « aussi risibles qu'arrogantes » — c'est encore Rimbaud qui parle — que les poètes se donnent contre le monde, Eluard qui a osé redire : « Le pain est plus utile que la poésie. »

Et dans un sens comme dans l'autre, je serais assuré de plaire et de déplaire ici ou là. Ici, à ceux chez qui l'exigence de la poésie est la plus forte, là à ceux chez qui l'emporte celle de la morale et de l'action. Mais je n'aurais donné ainsi qu'une image imparfaite, où l'homme et le poète, tour à tour l'ombre fuyante l'un de l'autre, échangeant sans fin des pouvoirs qu'on affirme un peu trop aisément inconciliables, se tendraient à jamais les bras sur les rives opposées d'un infranchissable fleuve de nuit.

Car, il faut le dire très haut, il n'y a chez Eluard aucun dédoublement, aucune compromission, aucune facilité. Ils se trompent ceux qui disent à son propos « Quel dommage ! »[1], le dommage étant cela même — tel poème du *Rendez-vous allemand* — qui fait dire « Enfin ! » à d'autres, plus sympathiques sans doute, mais aussi éloignés de savoir vraiment ce qu'est, en son fond, le métier du poète.

Un dur métier en vérité, où les meilleurs, les mieux intentionnés eux-mêmes sont souvent tentés d'assurer le poète qu'il en fait trop, qu'il force la dose et qu'on pourrait se satisfaire à moins de frais.

« Puisque vous nous avez rejoints, disent-ils, restez maintenant toujours avec nous ! Ne parlez plus que notre langue. Lautréamont ne le demande-t-il pas : « Parce que vous écrivez en vers, est-ce une raison pour vous séparer du reste des hommes ? »

Ils oublient, ceux qui parlent ainsi, que la solidarité entre les hommes et les poètes ne se fonde pas seulement sur la conscience d'un compagnonnage irréfutable, multiplié désormais, magnifié par la fraternité de l'espoir. Certes, Aragon a cent fois raison d'affirmer — je cite ici cet « Ecrit pour une réunion de quartier » par quoi s'ouvre *L'homme communiste* — que « ce sont des raisons de classe qui font qu'un Langevin, un Joliot-Curie, un Picasso, un Eluard, deviennent des communistes ».

« Mais ces raisons de classe — est-il dit quelques lignes plus haut — ces raisons de classe les partagent ceux qui sont nés ouvriers et ceux qui, du sein de la bourgeoisie où le hasard les a fait naître, reconnaissent dans la classe ouvrière, la porteuse de l'avenir humain. »

---

1. A ceux-là, « ses amis exigeants », Eluard répondra, dans les *Poèmes Po.* par l'admirable. *La poésie doit avoir pour but la vérité pratique.*

C'est qu'il y a tout autre chose qu'une coïncidence et plus encore que cette pression de l'histoire dont parle Marx, pour pousser dans les rangs de ceux qui ouvrent la route, ceux-là qui, dans tous les domaines, sont à l'extrême pointe de la découverte. Il y a aussi le fait qu'on ne transige pas avec les valeurs qui nous permettent chaque jour d'aller plus loin dans cette découverte même, et que la liberté de la recherche s'épanouit tout naturellement dans la recherche de la liberté.

Qui donc osera faire sa part à l'esprit scientifique, et disons le mot lui-même, sa part à la passion de la vérité, dans le mouvement de la pensée qui achemina Paul Langevin vers les conclusions sociales que l'on sait ? Ou sa part encore à la révolte contre les apparences, contre l'habitude, contre le poncif, dans l'adhésion d'un Picasso au communisme ?

Cette part, elle est celle du génie, du génie vaste et puissant qui ne se satisfait point d'avoir trouvé l'ordre de son univers particulier, mais dans son élan, et pour ainsi dire sur sa lancée, veut étendre cet ordre au monde entier.

Je crois que des vérités de cette nature sont utiles à rappeler, pour qu'on se souvienne que l'esprit d'avant-garde ne se met pas en cage comme un rossignol aux yeux crevés et qu'une position poétique, pour aussi avancée qu'elle semble, est une fausse position, si elle ne se double pas d'une position politique.

Encore une fois, il ne peut être question de réduire le rôle déterminant que jouent les événements : l'œuvre d'Eluard ne serait point ce qu'elle est, ni Eluard celui qu'il est, sans l'Espagne, la guerre, l'occupation, la Résistance, et le Parti dont il fut membre. Mais le poids dont tout cela a pesé, croyez-vous que depuis toujours Eluard ne l'attendait pas, pour le jeter dans la balance ?

Car à côté de ces impératifs de l'histoire — valables pour tous les hommes — il y a, pour les grands poètes, comme pour les grands savants et les grands artistes — la profonde nécessité intérieure de la création, en quoi dès le premier chant, la première invention, le premier trait, s'est affirmée une puissance propre à l'homme, jamais satisfaite, toujours en quête, et chaque jour pourtant plus assurée que ce que découvrent les éclaireurs est cela même que cherche le gros de la troupe.

Oui, dans le premier mot d'Eluard, et c'est pour cela que nous lui avons accordé, depuis toujours, une telle confiance, il y avait le signe que l'ardente patience des poètes est un accord majeur de l'obscure, de

*Portrait pour
Cécile Eluard
par Valentine Hugo*

la moins en moins obscure impatience des hommes.

Aussi, quand les poètes, parfois, reprennent leur étrange chemin privé, leur faut-il tout de même faire confiance. C'est encore pour nous qu'ils travaillent, en expérimentant cette puissance dont j'ai parlé. Nous les verrons revenir vers nous plus forts et mieux armés, pour ajouter leur certitude propre renouvelée à celles qu'ils ont en commun avec tous.

Lorsque Eluard nous dit, ce qui risque encore après si longtemps de surprendre :

La terre est bleue comme une orange,

soit, regardons la terre, l'orange, mais pensons aussi à ce que les couleurs doivent à l'œil et à l'esprit avant de croire qu'il n'y a là que des mots.

Car il faut aussi cet esprit libre et cet œil libre qui voit les oranges bleues, pour percer une nuit dont parle si souvent Eluard, parce que tout en parle encore autour de nous, sinon l'espoir humain et ceux qui le servent :

La nuit où l'homme fait le jour.

Paul Eluard, la preuve la plus sûre que l'invention, le génie créateur, est un des noms de la liberté et une des armes de l'avenir.

Cinq ans plus tard, que me faut-il donc ajouter ?
Paul Eluard a quitté les autres hommes, ses frères, en pleine maturité, en pleine efficacité du génie. C'est vain regret que déplorer ce qui lui restait à faire. Ce qu'il a fait, ce qu'il a dit, porte un témoignage assez haut en l'honneur de la poésie et de l'homme !
Dans l'unité de cette vie et de cette œuvre, dans l'héroïque création continuée qu'est la recherche de cette unité, se lit ce qui fait l'incomparable dignité et la grandeur de la poésie de notre temps.
Nous sommes au cœur battant d'une époque décisive pour l'esprit et pour l'homme. Ce qu'on peut appeler la **poésie moderne française** *— j'entends cette suite sans pareille, qui va de Hugo à nos jours, à travers Vigny, Baudelaire, Nerval, Lautréamont, Rimbaud, Cros, Nouveau, Corbière, Mallarmé, Jarry, Apollinaire, Reverdy, Aragon, Tzara — marque un des temps les plus forts de l'essor prométhéen. En elle s'inscrit comme jamais la volonté humaine de changer le monde. C'est une volonté unanime, même si les chemins diffèrent, même si certains finissent dans l'impasse : par essence, la poésie moderne est* **révolutionnaire.** *C'est au point de jonction de cette tradition révolutionnaire spécifiquement poétique et de la tradition révolutionnaire idéologique, notre tradition nationale, enrichie et précisée par l'expérience d'autres peuples, que se situe la poésie française d'aujourd'hui. C'est de ces deux lignes d'évolution qu'elle est la résultante. C'est ce double héritage qu'elle doit assumer et continuer.*
Nul ne l'a fait plus totalement, et plus clairement qu'Eluard.
Il n'y a pas, dans les temps modernes, de plus grand poète que Paul Eluard : parce qu'aucun, plus que lui, mieux que lui, n'a montré comment la poésie atteint à sa grandeur totale en aidant les hommes à transformer le monde ; en devenant, pour en finir avec le mal qu'elle se déchirait à farder ou à nier, un agent résolu de la bonté sur terre,

de ce règne de l'homme par quoi s'inaugure le triomphe de la poésie ; et parce qu'aucun, plus que lui, mieux que lui, n'a montré comment le poète, en luttant pour l'avenir avec tous les hommes, ne renonce à rien, mais prend déjà le visage de l'homme de l'avenir.

« *La poésie, dit-il dans* **Donner** à voir, *ne se fera chair et sang qu'à partir du moment où elle sera réciproque. Cette réciprocité est entièrement fonction de l'égalité du bonheur entre les hommes. Et l'égalité du bonheur porterait celui-ci à une hauteur dont nous ne pouvons encore avoir que de faibles notions.*

« *Cette félicité n'est pas impossible.* »

Nous savons désormais que cette félicité sera. La poésie de demain sera faite par tous. Elle s'ajoutera à toute vie comme l'éclat même de son bonheur, pour devenir, non plus une activité parmi d'autres, mais la joie fondamentale de l'être, la jubilation invincible du concert des hommes.

Paris, le 5 novembre 1952.

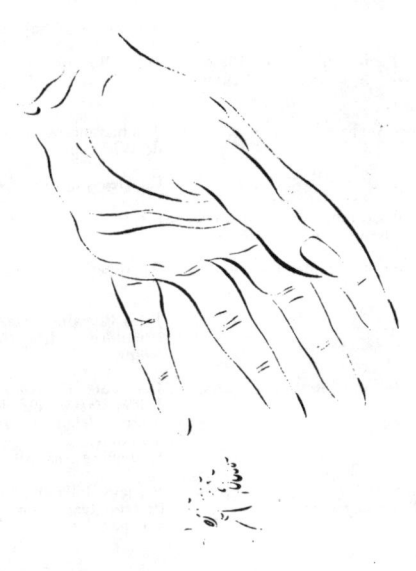

PAUL ELUARD
ET SON TEMPS

1895	14 décembre : naissance à Saint-Denis d'Eugène-Emile-Paul Grindel, qui prendra le pseudonyme de Paul Éluard.	
1896		Naissance d'André Breton et de Tristan Tzara.
1897		Naissance de Louis Aragon et de Philippe Soupault.
1900	Le père d'Eluard quitte son métier de comptable et ouvre une agence immobilière.	Exposition Universelle. Naissance d'Yves Tanguy, de Robert Desnos et de René Crevel.
1903	Ecole communale d'Aulnay-sous-Bois.	Naissance de Raymond Radiguet et de Raymond Queneau.
1904		Naissance de Salvador Dali.
1908	Installation à Paris, rue Louis Blanc. Ecole communale de la rue de Clignancourt.	Jules Romains : *La Vie unanime*.
1909	Ecole supérieure Colbert.	Traduction française des *Feuilles d'Herbe* de Whitman.
1910		**Charles Vildrac : *Le Livre d'Amour*.**
1912	Décembre : sanatorium de Clavadel, près de Davos. Rencontre de Gala.	Pierre Jean Jouve : *Présences*.
1913	*Premiers Poèmes*, à compte d'auteur.	Apollinaire : *Alcools*. Blaise Cendrars : *Prose du Transsibérien*. Jules Romains : *Odes et Prières*. Première audition du *Sacre du Printemps*.
1914	*Dialogues des Inutiles*. Retour à Paris.	Luc Durtain : *Kong Harald*. Juillet : assassinat de Jaurès. Août : début de la Première Guerre mondiale. Septembre : bataille de la Marne.
1915	Régiment d'infanterie coloniale, puis 22e section d'infirmerie militaire.	Romain Rolland : *Au-dessus de la Mêlée*. Pierre Jean Jouve : *Vous êtes des hommes*.

1916	*Le Devoir*, sous la signature de Paul Eluard. Gala rentre en France. 95ᵉ régiment d'infanterie.	
1917	21 février : Eluard épouse Gala. *Le Devoir et l'Inquiétude*.	Tristan Tzara : « Dada I ». Picabia : « 391 ». Pierre Reverdy : « Nord-Sud ». Pierre-Albert Birot : « Sic ». Jean Cocteau - Erik Satie - Picasso : *Parade*. Max Jacob : *Le Cornet à Dés*. Octobre : révolution en Russie. Entrée en guerre des Etats-Unis.
1918	11 mai : naissance de Cécile Eluard. *Poèmes pour la Paix*.	Apollinaire : *Calligrammes*. Tzara : *Manifeste Dada*. Mort d'Apollinaire. Armistice.
1919		Breton : *Mont de Piété*. Breton, Aragon et Soupault fondent « Littérature ». Suicide de Jacques Vaché et publication des *Lettres de Guerre*. Mutinerie de la mer Noire. Mouvements révolutionnaires en Allemagne et en Hongrie.
1920	*Les Animaux et leurs Hommes, les Hommes et leurs Animaux*, ill. d'André Lhôte (Sans-Pareil). Premier numéro de la revue « Proverbe ».	Breton et Soupault : *Les Champs magnétiques*. Aragon : *Feu de Joie*. Arrivée de Tzara à Paris. Fondation du Parti communiste français au Congrès de Tours. Deschanel président de la République, puis Millerand.
1921	*Les Nécessités de la Vie et les Conséquences des Rêves, précédé d'Exemples*, préf. de Jean Paulhan (Sans-Pareil). Séjour au Tyrol.	Aragon : *Anicet ou le Panorama*. Péret : *Le Passager du Transatlantique*. Max Ernst : *L'Eléphant de Célèbes*. Avril : visite à Saint-Julien le Pauvre. Procès de Maurice Barrès.
1922	*Répétitions*, ill. de Max Ernst (Sans-Pareil). *Les Malheurs des Immortels*, ill. de Max Ernst. Séjour au Tyrol.	Nouvelle série de « Littérature ». Représentations de *Locus Solus* de Raymond Roussel. Max Ernst : *Le Rendez-vous des Amis*. Rupture de Breton et de Tzara. Première séance des « sommeils ». Accession au pouvoir de Mussolini, en Italie.
1923		Dernière soirée dada : *Le Cœur à Gaz*, de Tzara. Péret : *Au 125 du Boulevard Saint-Germain*. Fondation de la revue « Europe ». Duchamp abandonne *Le Grand Verre*.

1924	*Mourir de ne pas mourir* (N.R.F.). Mars : embarquement à Marseille pour un voyage autour du monde. Octobre : retour à Paris.	Mort de Maurice Barrès. Breton : *Manifeste du Surréalisme*. Aragon : *Une Vague de Rêves*. René Crevel : *Détours*. Benjamin Péret : *Immortelle Maladie*. Ouverture du Bureau de Recherches surréalistes. *Un Cadavre*, premier tract surréaliste. Yvan Goll publie la revue « Surréalisme ». Mort de Lénine. Gaston Doumergue président de la République.
1925	*152 Proverbes mis au goût du jour*, avec Benjamin Péret. *Au Défaut du Silence*, ill. de Max Ernst.	Aragon : *Le Mouvement perpétuel*. Crevel : *Mon Corps et moi*. Antonin Artaud : *Le Pèse-Nerfs* et *L'Ombilic des Limbes*. Exposition des Arts Décoratifs. Juillet : banquet Saint-Pol Roux. Novembre : première exposition surréaliste.
1926	*Capitale de la Douleur* (N.R.F.) *Les Dessous d'une Vie ou la Pyramide humaine*, portrait de Max Ernst (Les Cahiers du Sud). Adhésion au Parti communiste.	Aragon : *Le Paysan de Paris*. Breton : *Légitime Défense*. Crevel : *La Mort difficile*. Robert Desnos : *C'est les bottes de 7 lieues cette phrase : je me vois*. Soupault et Artaud exclus du Surréalisme.
1927		Péret : *Dormir, dormir dans les pierres*. Desnos : *La Liberté ou l'amour*. Breton : *Introduction au Discours sur le peu de Réalité*. Crevel : *Babylone*. Artaud : *A la grande Nuit ou le Bluff surréaliste*. Adhésion d'Aragon au Parti communiste. Lindbergh traverse l'Atlantique. Exécution de Sacco et Vanzetti.
1928	*Défense de savoir*, ill. de Chirico (éd. Surréalistes).	Breton : *Nadja*. Aragon : *Traité du Style*. Péret : *Le grand Jeu*. Crevel : *L'Esprit contre la Raison*. René Daumal, Roger Gilbert-Lecomte et Roger Vailland fondent « Le Grand Jeu ».
1929	*L'Amour, la Poésie* (N.R.F.).	Breton : *Second Manifeste du Surréalisme*. Aragon : *La grande Gaîté*. Crevel : *Etes-vous Fous ?* Max Ernst : *La Femme 100 Têtes*. Chirico : *Hebdomeros*.

		Suicide de Jacques Rigaud. Buñuel et Dali : *Un chien andalou*. Crise économique à New York. Mort de Diaghilev.
1930	*Ralentir Travaux*, avec A. Breton et R. Char (éd. Surréalistes). *L'Immaculée Conception*, avec A. Breton (éd. Surréalistes). *A toute Epreuve* (éd. Surréalistes). Séparation avec Gala.	Fondation de la revue « Le Surréalisme au Service de la Révolution » et de l'« Association des Artistes et Ecrivains Révolutionnaires ». Desnos : *Corps et Biens*. Voyage d'Aragon en U.R.S.S. Buñuel et Dali : *L'Age d'Or*. Suicide de Maïakovsky. Max Ernst : *Rêve d'une petite Fille qui voulut entrer au Carmel*. René Char : *Artine*.
1931	*Dors*.	Breton : *L'Union libre*. Aragon : *Persécuté Persécuteur* et *Front rouge*. Tzara : *L'Homme approximatif*. Crevel : *Salvador Dali ou l'Antiobscurantisme*. Char : *L'Action de la Justice est éteinte*. Avril : première république espagnole. Paul Doumer, président de la République.
1932	*La Vie immédiate* (Cahiers Libres).	Breton : *Le Revolver à cheveux blancs* et *Misère de la Poésie*. Crevel : *Le Clavecin de Diderot*. Rupture d'Aragon et des Surréalistes. Congrès mondial contre la guerre à Amsterdam. Naissance de la revue « Commune ».
1933	*Comme deux Gouttes d'Eau* (éd. Surréalistes).	Crevel : *Les Pieds dans le Plat*. Aragon : *Les Cloches de Bâle*. Fondation de la revue « Le Minotaure ». Suicide de Raymond Roussel. Hitler au pouvoir en Allemagne.
1934	*La Rose publique* (N.R.F.). 21 août : mariage avec Nusch.	Breton : *Point du Jour*. Aragon : *Hourra l'Oural*. Georges Hugnet : *Petite Anthologie du Surréalisme*. Péret : *De derrière les Fagots*. Max Ernst : *Une Semaine de Bonté*. Char : *Le Marteau sans Maître*. 6-9 février : émeutes à Paris. Fondation du Comité de Vigilance des Intellectuels. Affaire Violette Nozières.
1935	*Nuits partagées*, ill. de Dali (G.L.M.). *Facile*, photographies de Man Ray (G.L.M.).	Exposition surréaliste à Prague. Congrès des écrivains pour la défense de la culture.

1936 Notes sur la Poésie, avec A. Breton (G.L.M.).
La Barre d'Appui, ill. de Picasso (Cahiers d'Art).
Les Yeux fertiles, ill. de Picasso (G.L.M.).
Juin : conférence à Londres sur l'évidence poétique.

1937 L'Evidence poétique (G.L.M.).
Les Mains libres, dessins de Man Ray (N.R.F.).
Appliquée, ill. de Valentine Hugo.
Premières Vues anciennes et Quelques-uns des mots qui jusqu'ici m'étaient mystérieusement interdits (G.L.M.).

1938 Dictionnaire abrégé du Surréalisme, avec A. Breton.
Cours naturel (éd. du Sagittaire).
Médieuses, ill. de Valentine Hugo.
Rupture avec Breton.
Trad. avec Louis Parrot de l'Ode à Salvador Dali, de Lorca.

1939 Chanson complète, ill. de Max Ernst (N.R.F.).
Donner à voir (N.R.F.).
Mobilisé dans l'Intendance.

1940 Retour à Paris.
Le Livre ouvert 1938-1940.

1941 Moralité du Sommeil, ill. de Magritte (L'Aiguille aimantée).
Sur les Pentes inférieures, préf. de J. Paulhan (La Peau de Chagrin).
Choix de Poèmes 1914-1941 (N.R.F.).

Agression italienne contre l'Ethiopie.
Suicide de René Crevel.
Mort d'Henri Barbusse.

Aragon : Les Beaux Quartiers.
Péret : Je ne mange pas de ce pain-là et Je sublime.
Exposition internationale du Surréalisme à Londres.
Juin : gouvernement du Front Populaire en France.
Juillet : guerre d'Espagne.
Assassinat de Lorca.

Breton : L'Amour fou.
Péret : Trois Cerises et une Sardine.
Char : Placard pour un Chemin des Ecoliers.
Picasso : Guernica.
Exposition Universelle à Paris.
Juillet : les Japonais envahissent la Chine.

Char : Dehors, la Nuit est gouvernée.
Breton : Trajectoire du Rêve.
Expositions internationales du Surréalisme à Amsterdam et à Paris.
Septembre : conférence de Munich.
L'Allemagne annexe l'Autriche et une partie de la Tchécoslovaquie.

Tzara : Midis gagnés.
Mars : victoire en Espagne de Franco.
Août : pacte de non-agression germano-soviétique.
1er septembre : début de la Deuxième Guerre mondiale.
Mort de Freud.

Breton : Anthologie de l'Humour Noir.
Max-Pol Fouchet : Fontaine.
Pierre Seghers : Poètes Casqués.
Mai : offensive allemande.
18 juin : appel du Général de Gaulle à Londres.
Mort de Saint-Pol Roux.
Assassinat de Trotzky.

Aragon : Le Crève-Cœur.
Départ de Breton pour l'Amérique.
Janvier : à Londres, de Gaulle définit la France libre.
Juin : attaque allemande contre la Russie.
Septembre : constitution à Londres du Comité National Français.
Octobre : massacres de Châteaubriant.
Assassinat de Gabriel Péri.

1942
Le Livre ouvert (II) 1939-1941 (Cahiers d'Art).
La dernière Nuit, ill. d'Henri Laurens.
Poésie involontaire et Poésie intentionnelle (Poésie 42).
Poésie et Vérité 1942 (La Main à la Plume).

Desnos : *Fortunes*.
Breton : *Fata Morgana*.
Aragon : *Les Yeux d'Elsa* et *Les Voyageurs de l'Impériale*.
Juin : création du Comité Français de Libération Nationale.
Novembre : débarquement des Alliés en Afrique du Nord.
Décembre : assassinat de Darlan.

1943
Les sept Poèmes d'Amour en Guerre (éd. clandestine).
Séjour à Saint-Albans, en Lozère.
Poésie et Vérité 1942 (La Bâconnière).

Aragon : *Le Musée Grévin*.
Septembre : premier numéro clandestin des « Lettres Françaises ».
Février : Stalingrad.
Destitution de Mussolini.

1944
Retour à Paris.
Médieuses (N.R.F.).
Le Lit, la Table (éd. des Trois Collines).
Dignes de vivre, ill. de Fautrier (Sequana).
Au Rendez-vous allemand (éd. de Minuit).
Création de « L'Eternelle Revue ».

Aragon : *La Diane Française*.
6 juin : débarquement allié en Normandie.
Août : libération de Paris.
Mort de Max Jacob à Drancy.

1945
En Avril 1944, Paris respirait encore, ill. de Jean Hugo (Galerie Charpentier).
A Pablo Picasso (éd. des Trois Collines).
Lingères légères (P. Seghers).
Doubles d'Ombre, ill. d'A. Beaudin.
Une longue Réflexion amoureuse (Ides et Calendes).
Louis Parrot : *Paul Eluard* (Poètes d'Aujourd'hui).

Péret : *Le Déshonneur des Poètes*.
Aragon : *En étrange Pays dans mon Pays lui-même* et *Servitude et Grandeur des Français*.
Breton : *Arcane 17*.
René Char : *Seuls demeurent*.
Capitulation allemande.
Mort de Robert Desnos.

1946
Poésie ininterrompue (I) (Gallimard).
Souvenirs de la Maison des Fous, ill. de Gérard Vulliamy (éd. Vrille).
Voyage en Tchécoslovaquie, en Italie, en Yougoslavie et en Grèce.
Le dur Désir de durer, ill. de Chagall (éd. Bordas).
Objet des Mots et des Images, lithos d'Engel Pak (éd. Opéra).
28 novembre : mort de Nusch.

Aragon : *L'Homme communiste*.
André Frénaud : *La Noce noire*.
Jacques Prévert : *Paroles*.
Retour d'André Breton à Paris.
Janvier : de Gaulle quitte le pouvoir.
Juin : discours de Bayeux.
Novembre : début de la guerre d'Indochine.

1947
Le Livre ouvert 1938-1944 (Gallimard).
Le Temps déborde, sous le pseudonyme de Didier Desroches.
Séjour en Angleterre.
Corps mémorable, sous le pseudonyme de Brun (P. Seghers).
A l'intérieur de la Vue, huit Poèmes visibles, avec Max Ernst (P. Seghers).
Le meilleur Choix de Poèmes est celui que l'on fait pour soi, 1818-1918 (Le Sagittaire).

Breton : *Ode à Charles Fourier*.
Guillevic : *Exécutoire*.
Artaud : *Van Gogh*.
Exposition internationale du Surréalisme à Paris.
Plan Marshall.
De Gaulle crée le Rassemblement du Peuple Français.

1948 *Picasso à Antibes*, photos de Michel Sima (René Drouin).
Voir (éd. des Trois Collines).
Voyage en Pologne.
Premiers Poèmes, 1913-1921 (Mermod).
Poèmes politiques, préf. d'Aragon (Gallimard).
Perspectives, gravures d'A. Flocon (Maeght).
Le Bestiaire de Paul Eluard (Maeght).

Aragon : *Le nouveau Crève-Cœur*.
Char : *Fureur et Mystère*.
Février : affaire de Prague.
Mort d'Artaud.

1949 *Léda - Une Leçon de Morale* (Gallimard).
Je l'aime, elle m'aimait (P.A.B.).
Voyage en Grèce, en Hongrie et au Mexique.
Rencontre Dominique.
La Saison des Amours (éd. de la Parade).

Affaire de *La Chasse spirituelle*.
Breton : *Flagrant Délit*.
Aragon : *Les Communistes*.
Création du Conseil de l'Europe.
Signature du Pacte Atlantique.
Proclamation de la République fédérale allemande et de la République populaire chinoise.

1950 Voyage en Tchécoslovaquie, en Bulgarie et en U.R.S.S.
Hommages (Cahiers de la Poésie Nouvelle).

Frénaud : *Enorme Figure de la Déesse Raison*.
Débuts du mouvement beatnik aux U.S.A.
Guerre de Corée.

1951 *Pouvoir tout dire*, ill. de Françoise Gilot (éd. Raison d'être).
La Jarre peut-elle être plus belle que l'Eau ?, recueil coll. (Gallimard).
Le Phénix, ill. de Valentine Hugo (G.L.M.).
Le Visage de la Paix, ill. de Picasso (Cercle d'Art).
Première Anthologie vivante de la Poésie du Passé (éd. Seghers).
Grain d'Aile (éd. Raison d'être).
Mariage avec Dominique.

Camus : *L'Homme révolté*.
Jean Vilar directeur du T.N.P.
Mort d'André Gide.

1952 Conférence de Genève.
Voyage à Moscou.
Adaptation des *Poèmes* de Christo Botev (Editeurs Français Réunis).
Vacances en Dordogne.
Anthologie des Ecrits sur l'Art (I) (Cercle d'Art).
Poèmes pour tous, anthologie (Editeurs Français Réunis).
Les Sentiers et les Routes de la Poésie (Les Ecrivains Réunis).
18 novembre : mort de Paul Eluard.
22 novembre : obsèques au Père-Lachaise.

Péret : *Air mexicain*.
Breton : *Entretiens*.
Frénaud : *Source entière*.
Sartre prix Nobel.
Nasser prend le pouvoir en Egypte.

188

BIBLIOGRAPHIE SUCCINCTE

OEUVRES DE PAUL ELUARD DISPONIBLES EN LIBRAIRIE

Oeuvres Complètes, Paris, Ed. Gallimard, Bibliotèque de la Pléiade, 2 vol. 1968.
Poésies 1913-1926, Paris, Ed. Gallimard, Poésie/Gallimard, 1971.
Capitale de la douleur, suivi de *L'Amour la poésie,* Paris, Ed. Gallimard, Poésie/Gallimard, 1972.
La Vie immédiate, suivi de *La Rose publique* et de *Les Yeux fertiles,* Paris, Ed. Gallimard, Poésie/Gallimard, 1973.
Le Livre ouvert, 1938-1944, Paris, Ed. Gallimard, Poésie/Gallimard, 1974.
Une longue réflexion amoureuse, Paris, Ed. Seghers, 1978.
Donner à voir, Paris, Ed. Gallimard, Poésie/Gallimard, 1978.
Le Poète et son ombre, Paris, Ed. Seghers, 1979.
Poésie ininterrompue, Paris, Ed. Gallimard, Poésie/Gallimard, 1979.
L'Immaculée Conception (en coll. avec André Breton), Paris, Ed. Seghers, 1980.
Derniers poèmes d'amour, Paris, Ed. Seghers, 1980

TABLE

Paul Eluard par Louis Parrot
(1944-1948) 5

Choix de Textes

Pour vivre ici 73
L'amoureuse 74
Le miroir d'un moment . . . 75
Je te l'ai dit 75
Nuits partagées 76
Salvador Dali 77
Comme deux gouttes d'eau . . 80
On ne peut me connaître . . 81
A Pablo Picasso (I) 81
A Pablo Picasso (II) 83
Sans âge 84
Identités 86
La victoire de Guernica . . . 87
Après moi le sommeil 91
Les ciseaux et leur père . . . 94
Justice 96
Finir 96
Blason des fleurs et des fruits 97
Si tu aimes 102
Dimanche après-midi 103
La halte des heures 105
Liberté 105
Couvre-feu 109
Avis 111
Gabriel Péri 112
L'aube dissout les monstres . 113
A celle dont ils rêvent . . . 114
Sans toi 116
Repos d'été 116

Pour un anniversaire 118
Seule 120
Le chien 120
Rêve du 21 septembre 1943 . 121
Le mur 122
Poésie ininterrompue 123
Notre mouvement 125
L'extase 125
En vertu de l'amour 126
Notre vie 128
Le cinquième poème visible . 129
L'ABC de la récitante . . . 130
Chant du dernier délai . . . 131
Athena 133
Dit de la force de l'amour . . 134
La poésie doit avoir pour but la
vérité pratique 135
O mort interminable 136
Volonté d'y voir clair 137
Bonne justice 138
La poésie est contagieuse . . 140
Le rythme de mon cœur est un
rythme éternel 140
Le phénix 141
Dominique aujourd'hui présente 142
Printemps 145
Et un sourire 145
Nous deux 146
La mort, l'amour, la vie . . . 146

Postface par Jean Marcenac (1952) 149

Paul Eluard et son temps . . . 182

Achevé d'imprimer sur les presses de Dumas - 42100 Saint-Étienne (Loire)
D.L., 1944 - Éditeur L 094 — Imprimeur n° 26839 (octobre 84)

Imprimé en France

« POÈTES D'AUJOURD'HUI »

Apollinaire, par D. Oster
Aragon, par G. Sadoul
Artaud, par G. Charbonnier
Charles Baudelaire, par L. Decaunes
William Blake, par J. Rousselot
Yves Bonnefoy, par J. E. Jackson
André Breton, par J.-L. Bédouin
René Guy Cadou, par M. Manoll
Desbordes-Valmore, par Jeanine Moulin
Blaise Cendrars, par L. Parrot
Aimé Césaire, par L. Kesteloot
René Char, par P. Guerre
Andrée Chedid, par J. Izoard
Jean Cocteau, par R. Lannes
Michel Deguy, par P. Quignard
Constantin Cavafy, par Georges Cattaui
Robert Desnos, par P. Berger
André du Bouchet, par P. Chappuis
Jacques Dupin, par G. Raillard
Jean-Pierre Duprey, par J.-C. Bailly
Paul Éluard, par L. Parrot et J. Marcenac
Jean Pierre Faye, par M. Partouche
Jean Genet, par J.-M. Magnan
Edouard Glissant, par D. Radford
Julien Gracq, par A. Denis
Guillevic, par J. Tortel
André Hardellet, par H. Juin
Georges Henein, par Alexandrian
Philippe Jaccottet, par A. Clerval
Hubert Juin, par G. Denis

Mallarmé, par P.-O. Walzer
Marinetti, par G. Lista
Henri Michaux, par R. Bertelé
Pablo Neruda, par J. Marcenac
Gérard de Nerval, par J. Richer
Marie Noël, par A. Blanchet
Benjamin Péret, par J.-L. Bédouin
André Pieyre de Mandiargues, par S. Stétié
Fernando Pessoa, par A. Guibert
Francis Ponge, par M. Spada
Rainer Maria Rilke, par P. Desgraupes
Arthur Rimbaud, par L. Ray
Yannis Ritsos, par C. Prokopaki
Armand Robin, par A. Bourdon
Denis Roche, par C. Prigent
Robert Sabatier, par A. Bosquet
Saint-John Perse, par A. Bosquet
Pierre Seghers, par P. Seghers
Victor Segalen, par J.-L. Bédouin
Léopold Sédar Senghor, par A. Guibert
Philippe Soupault, par H.-J. Dupuy
Jules Supervielle, par C. Roy
Jean Tardieu, par E. Noulet
Tristan Tzara, par R. Lacôte et G. Haldas
Ungaretti, par Y. Caroutch
Paul Valéry, par J. Charpier
Franck Venaille, par G. Mounin
Paul Verlaine, par J. Richer
Boris Vian, par J. Clouzet
Claude Vigée, par J.-Y. Lartichaux